Jean-Yves Fortuny

I0668310

Le jour où
mon âme a parlé

roman

Éditions Dédicaces

LE JOUR OÙ MON ÂME A PARLÉ, par JEAN-YVES FORTUNY

Dépôt légal :
Bibliothèque et Archives Canada
Bibliothèque et Archives nationales du Québec

Un exemplaire de cet ouvrage a été remis
à la Bibliothèque d'Alexandrie, en Egypte

ÉDITIONS DÉDICACES INC.
675, rue Frédéric Chopin
Montréal (Québec) H1L 6S9
Canada

www.dedicaces.ca | www.dedicaces.info
Courriel : info@dedicaces.ca

© Copyright — tous droits réservés – Éditions Dédicaces inc.
Toute reproduction, distribution et vente interdites
sans autorisation de l'auteur et de l'éditeur.

Jean-Yves Fortuny

Le jour où mon âme a parlé

« La porte la plus sûre est celle que l'on peut laisser ouverte »

*« La vie des morts consiste
dans le souvenir des vivants ».*

Marcus Tullius CICERON

Préface

Nous savons tous que dans certains cas, nous pouvons nous surpasser mentalement ou physiquement. Pour ne citer qu'un exemple, je choisirai celui de cette mère toute menue, qui pour sauver la vie de son enfant, a soulevé l'avant d'une voiture sous laquelle il était coincé.

Est-ce vraiment surhumain ?

Ne nous suffirait-il pas de le vouloir pour le rendre possible ?

Elle ne voulait pas forcément soulever cette voiture, mais simplement sauver la vie de sa progéniture.

Et si nous avions en nous une volonté telle, que nous puissions accomplir ce que nous appelons communément des prouesses, sans en avoir vraiment conscience ?

Il est certain que dans le monde d'aujourd'hui nous dormons ...

JYF.

« Car les chemins du jour côtoient ceux de la nuit. »
Homère

1

Phénomène surnaturel ?

Il est trois heures du matin. Anselme, un homme de soixante-neuf ans s'est endormi devant un film dans le fauteuil de son salon. Son sommeil est profond.

La télévision continue de diffuser des émissions de nuit tandis qu'il est entré dans une phase où rêves et réalités se confondent. Son chien "Drakkar", un magnifique husky âgé de cinq ans, dort lui aussi profondément non loin du fauteuil de son maître. Soudain, des grésillements viennent remplacer le documentaire dans l'écran, et un courant d'air furtif rafraîchit le visage d'Anselme lui provoquant le besoin de modifier sa position.

Drakkar a senti quelque chose d'anormal, mais ne semble pas apeuré. Il garde seulement un œil ouvert et remue la queue en balayant le sol tout en exprimant un petit "woo" dont il a le secret. « Salut, content de te voir ». Le pelage de son crâne s'aplatit un court instant.

Il regarde en direction du lustre de la pièce, entrouvrant sa gueule et laissant pendre sa langue de moitié comme s'il venait d'avaler un sucre aromatisé au bœuf. Tel un convive satisfait, un visage apparaît sur l'écran, murmure quelque chose d'incompréhensible, puis s'efface. Drakkar se lève, se dirige vers son maître, lèche la main inerte qui pend à l'extérieur du fauteuil « Il est temps d'aller au lit ! », puis retourne s'allonger sur le tapis devant la porte d'entrée, pour se rendormir paisiblement.

Phénomène surnaturel ?

Anselme l'ignore, mais le périple de son évolution personnelle ne fait que commencer ...

« La vraie générosité envers l'avenir consiste à tout donner au présent. »
André Comte-Sponville

2

Surprise

C'est dans l'arrière-pays ardéchois, dans le petit village de Saint Just, qu'est implantée une clinique du nom de "Méribell", fermée récemment.

Perchée sur une colline, cette grande bâtisse n'a qu'un seul défaut, son accessibilité fortement ralentie par l'étroitesse de la route, sur un site protégé. Posée sur arches et poutres, elle domine majestueusement le village et rappelle sous certains aspects les constructions antiques de l'époque gallo-romaine. Aujourd'hui rachetée et réaménagée en hôtel du même nom, l'ancienne clinique est devenue également un lieu de pèlerinage pour certains, doté d'un magnifique jardin qui encercle le bâtiment. Mais il y a quelque chose dans l'air ; ce "tout petit rien" qui fait que le site au paysage majestueux jouit toujours des retombées du passé. D'ailleurs, plusieurs pièces à l'intérieur y sont dédiées.

Anselme y a travaillé comme infirmier jusqu'à sa retraite, dont il profite paisiblement dans ce même village en compagnie de son épouse Constance.

Véritablement passionné par son métier choisi par vocation, il s'occupait de personnes handicapées, paraplégiques, voire tétraplégiques, et il a connu bon nombre de situations dramatiques dont certaines l'ont profondément marqué.

Comme il le dit, « Tout est bon à vivre même le pire, car nous continuons quand même à avancer ».

Il sait mieux que personne ce dont il parle. Lui aussi s'était retrouvé handicapé durant trois années suite à un accident routier ; mais il avait cependant réussi à s'en sortir non sans effort. À cette époque, il ignorait encore la portée de ce résultat, qui n'était selon lui qu'une juste récompense liée à un travail acharné.

Tout le monde le connaît dans le village. Il est aux yeux de beaucoup quelqu'un de simple et de généreux y compris dans le corps médical. Anselme faisait partie de cette génération d'infirmiers se permettant plus facilement que beaucoup de ses collègues pourtant dévoués, un peu d'humanité dans ce monde de stress et de rentabilité forcée par un système inadapté à son temps. Outre quelques bons conseils avisés sur la profession, il a laissé à ses anciens collaborateurs un souvenir indélébile. Doté d'une gentillesse naturelle, il réussissait à redonner du baume au cœur à ses patients souvent cassés physiquement et mentalement. Son côté attentionné était apprécié de tous et il avait même noué des liens avec certaines de ces personnes dont la vie ne serait plus jamais celle d'avant leur accident pour la plupart. Mais, il y a un patient qui l'a marqué par-dessus tous, auquel il pense souvent. Il s'appelait Rémy. Il était devenu tétraplégique suite à une chute de quinze mètres de hauteur dans l'exercice de son travail de charpentier. Anselme avait tissé avec lui une relation amicale, mais aussi spirituelle si l'on peut dire et quand il en parle, ce n'est jamais sans émotion.

En ce vingt-deux décembre deux mille treize, il se prépare à passer une journée comme toutes les autres depuis sa retraite, avec Constance. Contrairement aux autres années, ils ne recevront pas leurs deux enfants Sébastien et Grégory, eux aussi pères de famille. Les deux hommes ont prévu un voyage avec femmes et enfants pour leur faire en plus des cadeaux au pied du sapin, une surprise en allant passer tous ensemble les fêtes à "Disneyland". Ils ne seront pas les seuls à être agréablement surpris. De connivence avec Constance, "Seb et Greg" ont reçu une invitation particulière pour tout le monde. Anselme ne se doute pas qu'il est sur le point de vivre le Noël le plus mémorable de toute sa vie.

L'horloge de la mairie affiche précisément sept heures trente ; il s'apprête à aller promener son chien comme il le fait chaque jour. C'est le même rituel tous les matins. Avant de sortir, il demande toujours à sa bien-aimée s'il doit s'arrêter à la superette du village en plus de la boulangerie où il va systématiquement.

En des temps meilleurs, il faisait aussi une halte à l'unique boucherie du village et des alentours. Mais il a un défaut, celui de vouloir se faire plaisir autant que faire se peut. Ainsi, fréquemment, cela ne le dérangeait pas de prendre ce qu'il préférait, occultant la nécessité de varier la nourriture et les recommandations de sa douce et tendre épouse. Pour lui cela ne représente vraiment pas un si gros défaut, car il peut tout avaler à l'exception des tripes. Mais il est ce que nous appelons communément un "libre-penseur". Il est convaincu qu'à force de puiser dans les réserves naturelles, il y aura pénurie. Une théorie qu'il doit souvent étayer auprès de son épouse "calorigène", mais Anselme ne pense jamais à la légère. Il s'informe, il étudie, lit, écoute, observe et s'aventure prudemment dans des conclusions qui n'engagent que lui ; au fil des années, il a cependant acquis la certitude qu'un jour prochain, nous ne pourrons certainement plus manger comme il nous plait tant de le faire.

Seulement Constance ne le voit pas du même œil. Pour elle, diversifier est essentiel et, à ce propos, Anselme reconnait volontiers qu'elle n'a pas foncièrement tort. Il lui aura fallu néanmoins dix ans pour se rendre effectivement compte, le temps d'une semaine de congés, que son cher mari n'était pas si réfractaire à la bonne cuisine, qu'elle le pensait.

Ils n'étaient jamais partis en vacances durant les dix premières années de leur union et malgré les nombreuses occasions qu'il avait eu d'équilibrer ses repas, il s'était souvent débrouillé pour y échapper. Mais en ces sept jours de répit passés à la montagne dans une maison d'hôtes, il n'avait pas eu d'autres choix que de faire honneur aux plats qu'on lui présentait et cela pour son plus grand malheur. Le "malheureux" avait dû manger uniquement des mets faisant partie de ceux qui lui demandent un effort systématique de concentration à chaque gorgée. De son côté, Constance se rendit à l'évidence en le voyant tout ingurgiter sans rien dire et quelques fois en réclamant même une deuxième assiette !

Avant cette prise de conscience, Anselme était à ses yeux quelqu'un de difficile et elle voulait absolument changer cela par n'importe quels moyens. Ainsi, elle n'hésita pas à lui interdire carrément "l'arrêt-boucherie" en disant à tous leurs amis qu'il se comportait quelquefois comme un gamin de dix ans. Mais l'information avait circulé de telle sorte, qu'il était devenu la risée de ce qui n'était à ses yeux qu'une "confrérie de gens crédules et ignorants" dont le maître à penser n'était autre que son obstinée d'épouse tout autant ignorante … Naturellement !

Cela n'empêchait cependant pas Anselme de vivre pour autant, mais il est de ces personnes droites et sans équivoque ; il aime être considéré pour ce qu'il est et non comme un autre personnage, fabriqué et authentifié par les autres. Pour lui ce type de relation fausse tout. Certes il n'y avait pas mort d'homme, mais tous ces petits détails ajoutés les uns aux autres avaient eu raison de sa bonne constitution.

D'une patience olympienne, du moins en général, il s'est instauré quelques "règles de vie", dont une, consistant à ne pas laisser pourrir une situation trop longtemps sous peine de l'inclure dans sa propre vie et favoriser ainsi un cancer ! Il est vrai que ses points de vue relativement singuliers provoquent différentes réactions. Mais il a cependant horreur de perdre son temps avec des problèmes qui n'existent pas ; il ne veut même pas s'en occuper et préfère passer à autre chose. En revanche, lorsqu'il se met lui-même en mauvaise posture, il est tout à fait capable d'assumer et d'y remédier, même si quelquefois, un certain temps se passe avant que les yeux puissent de nouveau regarder droit devant eux.

Ce comportement radical et inhabituel l'avait étonné ; lui qui pensait qu'avec le temps … Mais Constance avait décidé de marquer le coup une bonne fois pour toutes ; même si le fait de voir son mari réagir simplement pour lui faire plaisir et avoir la paix, avait le don de l'irriter au plus haut point.

Laisse en main, Anselme se dirige donc vers l'entrée où l'attend Drakkar, afin de la lui accrocher sur le harnais, qu'il lui avait préféré au collier. Ne sachant pas ce que Constance prévoyait pour le repas en cette veille de fête de fin d'année, il préféra demander confirmation.
– Tu prépares quelque chose de spécial cette année ?
– Non, ne rapporte rien aujourd'hui, nous t'avons réservé une surprise avec les enfants, mais j'ai juré de garder le silence. Laisse-toi faire et tout ira bien !

C'est tout à fait le style de Constance de dire les choses sans les dire. Anselme sourit et ne chercha pas plus loin.
– Avec les enfants ; pourquoi, ils viennent ?
– Peut-être bien que oui, peut-être bien que non !
– Très bien je n'insisterai pas ; ça ne contrariera pas vos projets si je sors promener le chien ?
– Vas-t-en, répond Constance amusée !

Le simple fait de prendre la laisse en main met l'animal dans tous ses états et rallonge son "woo" de quelques secondes, en donnant l'impression de rouler les "R" à la manière d'un loup. Il sautille sur place comme si un trampoline lui avait été greffé à chaque patte. Anselme le sait et s'en amuse. Il le fait même languir jusqu'à le faire aboyer.

Dans son langage, cela ne fait aucun doute ; il le sermonne… « Accroche-moi cette laisse et allons-y ! ».

À Saint-Just, comme dans beaucoup de petits pays campagnards, la laisse n'est pas forcément nécessaire. Mais il s'est vite rendu compte qu'il vaut mieux avoir un moyen de contrôle pour refréner la puissance de l'animal lorsqu'il rencontre des gens dans les rues du village. Ne faisant pas la différence entre un bipède et un traîneau, il lui est déjà arrivé de "tirer" Anselme en tant que tel ou encore, faire tomber des personnes à la renverse en se mettant debout sur ses deux pattes arrières, les deux pattes avant étant quant à elles posées avec un certain élan sur leur torse.

– Aller mon chien, viens vite.

Drakkar, qui a déjà fait un kilomètre sur place, ne se fait pas prier. Leur voisin, Bernard, est déjà "en place" ; l'homme se lève tout les jours à sept heures du matin et prend plaisir à les attendre en sirotant son café sur sa terrasse devant la maison, lorsque le temps le permet.

– Salut Nanar !

–Bonjour Anselme. Voilà, une belle journée qui s'annonce. Ça va être un véritable plaisir de jardiner aujourd'hui.

– Et que vas-tu jardiner avec ce froid de canard ?

À ce moment-là, Drakkar se mit à aboyer deux fois… « Et moi, on ne me dit pas bonjour ? » ; cela fit sourire les deux hommes. Bernard s'approcha et fit une caresse sur le crâne du chien. Anselme en profita pour essayer d'en savoir plus sur la surprise qui l'attendait étant donné qu'ils avaient d'excellentes relations de voisinage et n'avaient pas beaucoup de secrets l'un pour l'autre. Mais Bernard avait été contraint de donner sa parole. C'est sûr, il ne dirait rien.

– Alors, c'est comme çà que tu traites un ami ?

– Désolé Anselme, tu connais ta femme mieux que moi et je tiens à ma vie !

– Tu n'es qu'un traître !

12

– Oui, je sais mon vieux et c'est pour ça que nous sommes toujours amis ! Il n'y a décidément rien à faire, il ne saura rien avant l'heure.

Il capitule et s'en va promener son tireur de traîneaux. Chemin faisant il rencontre les personnes qu'il croise habituellement ; ils échangent quelques mots, quelques banalités de circonstance. Sans oublier le pèlerinage quotidien qu'il ne manque jamais de faire aux abords de l'ancienne clinique qui lui rappelle tant de bons moments vécus ici.

Mais aujourd'hui est une journée spéciale, une de celles qui annoncent un grand événement, un moment "clé" dans la vie. Il se met à penser l'espace de quelques minutes au patient "Rémy" que le destin avait placé sur sa route. Il était le seul avec qui il avait scellé ce lien d'amitié si particulier. Lui qui s'était imposé de respecter un "code relationnel" avec les personnes qu'il soignait, qui consistait à ne surtout pas s'investir personnellement, avait succombé à la force magique de cette même longueur d'onde sur laquelle ils étaient. Cette relation à la frontière de l'amitié et de la fraternité n'avait rien de commun avec ce qu'il avait connu jusque-là. Elle était née au fil des jours, des mois et des années pendant lesquels elle s'était développée d'une manière aussi belle qui pourrait faire penser à ceux qui n'ont ni frère ni sœur, et qu'il y a en ce bas monde au moins une personne en compagnie de qui nous avons envie d'espérer, ne pas tricher dans ce que nous sommes, se sentir bien sans aucune arrière pensée.

Les yeux rivés sur la bâtisse, laissant échapper malgré lui une larme, il se laisse envahir par un moment de tristesse. Les images se bousculent dans son esprit. Il revoit certaines scènes de vie, des moments extraordinaires qu'il a passés dans cette chambre qu'il visitait régulièrement et même plus souvent qu'à son tour ; celle de Rémy …
– Bonjour Rémy, tu as bien dormi ?
– Non, j'ai le moral à zéro et j'ai dû m'endormir vers deux ou trois heures du matin.
– Tu as envie d'en parler ? Enfin, je veux dire …
Ça va, j'ai compris ; tu as seulement besoin d'un temps d'adaptation, c'est tout.
– C'est vrai, je n'arrive toujours pas à croire que je fais ça…
– Tu as pourtant pu déceler le premier signe ; je ne suis jamais rentré dans ta tête…Enfin pas tout de suite !

– Comment ça "pas tout de suite " ; qu'est-ce que tu veux dire ?

– Simplement que tu es en train de te découvrir et si tu œuvres bien, tu finiras par te connaitre …

– Écoute, je n'ai aucune envie de philosopher aujourd'hui, alors fais simple.

– Tu n'es pas dans ton assiette, c'est évident.

– Tu as remarqué ça tout seul ?

– Non Anselme, tu m'as aidé …

– Rémy, je t'en prie, pas ce matin.

– Il n'y a que toi qui me retiennes véritablement ici-bas.

– Ne fais pas ça ! Et les autres alors ?

– Tu vois très bien ce que je veux dire ; je ne tiendrai pas comme ça éternellement. Je t'aime comme un frère Anselme. Tu as su ouvrir ton cœur et tu sais très bien que ce n'est pas le genre de chose qu'on fait avec tout le monde. Tu as su me donner une raison pour m'accrocher à la vie ; j'adore toutes nos conversations, nos débats, nos plaisanteries, nos extrapolations. Je n'avais jamais partagé ça avec qui que ce soit avant de te connaitre. J'ai souvent pensé à tout ce que j'aurai pu partager avec un frère et je ne peux pas m'empêcher de faire le rapprochement avec nous. Ce que tu m'as donné n'a pas de prix. Je suis vraiment heureux d'avoir pu connaitre ça et je t'en serai éternellement reconnaissant, mais je suis las d'être allongé sur ce lit toute la journée. J'ai beau développer certaines capacités mentales, je n'arrive pas pour autant à bouger un seul membre et tu es devenu mon unique source de communication dans ce monde. J'ai perdu la foi Anselme, je ne veux plus vivre comme ça …

– Ne compte pas sur moi pour …

– Je sais, je suis assez grand ; je ne t'infligerai pas un tel cas de conscience.

À cet instant, Anselme sentit ses bras trembler et posa l'appareillage qu'il tenait dans ses mains sur la table, incapable de contrôler son émotion.

– Tu es en train de me dire que tu ne veux plus vivre ?

– Je sais que tu comprends. Je serai même tenté de dire que tu fais ressortir là ton égoïsme !

– Comment peux-tu dire une chose pareille ?

– Tu le sais …Toi aussi tu me manqueras, mais je sais que je serai davantage à ma place là-bas.

– Là-bas …

– Dans cet endroit où je pourrai revivre …

– Tu en as de bonnes toi, rétorqua Anselme en esquissant un sourire amer censé masquer une profonde détresse !

– Nous en avions déjà parlé il y a quelque temps, tu t'en souviens ?

– Bien sûr … Mais …

– Tu ne veux pas avoir à pleurer ma mort, c'est ça ton problème ! Anselme ne put se contrôler et s'exprima à haute voix.

– Assez ! Comment peux-tu savoir ce que j'éprouve !

De colère, il ramassa ses "outils" et sortit en claquant la porte.

– Attends, Anselme, mon ami …

– Plus tard !

Cela n'était pas la première fois que ses collègues le voyaient sortir de cette chambre en ayant l'air de s'énerver tout seul. Ils devinaient une situation peu commune, même étrange sous certains aspects, mais ils respectaient l'homme qu'il était à leurs yeux et avaient la pudeur de ne poser aucune question. Dans ces cas-là, il allait se réfugier dans la salle de repos prendre un café et essayer de le boire entre deux sanglots. Il regrettait de s'être emporté. Il ne voyait pas à ce moment-là que le comportement qu'il avait avec Rémy était celui d'un proche. Il comprenait Rémy, mais il était incapable de se résoudre à perdre un être cher. Que faire passer en premier plan ? Mon souhait, ou le sien ? La réponse était évidente, mais il est tellement dur de ne plus pouvoir parler, plaisanter ou se disputer avec des gens qui nous dévoilent le meilleur profil humain. Toutes ces pensées hantaient souvent son esprit et le sentiment d'être passé à côté de quelque chose d'important s'imposait systématiquement. La larme à l'œil, Anselme resta encore quelques secondes devant le bâtiment.

– Tu me manques, et je t'en veux d'être parti alors que tu aurais pu vivre. Tu en avais la capacité, toi qui n'avais que ça en pensées ; mais tu as préféré me laisser tomber, me laisser seul, ici avec mon chagrin.

Cela lui arrive fréquemment de se sentir seul au monde dans ces moments là. Fort heureusement, il y a du monde autour de lui ; en occurrence sa famille qui lui permet de pouvoir continuer d'aimer, mais ce sont là d'autres sentiments, certes agréables, mais qui ne sont pas ceux voués à Rémy. Même s'il a dans son entourage des amis tel que Bernard, son voisin, il ne peut pas s'empêcher de penser qu'il ne connaîtra plus jamais cela avec quelqu'un. Mais ce qui le rend amer sur ce point, est surtout dû au fait qu'il n'a jamais accepté cette mort, un peu comme une maladie qui vous ronge de l'intérieur et vous empêche de vivre votre vie.

Le voyant ainsi, Drakkar se met sur ses deux pattes arrière, s'appuie contre lui, et lui lèche le visage. Peut-être lui signifie-t-il qu'il ne le laissera jamais tomber, peut-être lui dit-il simplement « Je suis là moi, je t'aime ».

Essuyant ses larmes, Anselme prend le chemin du retour.
– T'es un bon chien "Drakky".
Quelque chose accroche soudain le regard du chien, lequel reste figé en exprimant son "extrait d'aboiement" ; « Woo ».
– Hé bien mon chien, qu'est-ce que tu as ?
Drakkar se met de nouveau sur ses quatre pattes et aboie deux fois en regardant à côté d'Anselme comme si quelqu'un se tenait près de lui. Anselme regarde à son tour, mais ne voit qu'une rue déserte.
– Là, tu vas devoir m'expliquer ! Après qui aboies-tu comme ça ? Je t'interdis de devenir sénile avant moi ! Aller viens, on rentre.

Pendant ce temps, un fragment de la surprise arrive chez lui sous la forme de deux grosses voitures spacieuses à bord desquelles se trouvent ses deux fils, ses deux belles-filles et ses trois petits-fils. Constance a préparé deux valises en douce et profite de l'absence d'Anselme pour les charger dans l'un des coffres spacieux des familiales.
– Bonjours les enfants, vous avez bien roulé ?
– Oui, il n'y a pas beaucoup de monde à cette heure-ci ; bonjour maman. Et toi, tu as tout préparé de ton côté ?
– Oui et votre père ne se doute de rien.
– Il est avec Drakkar ?
– Oui, il ne devrait pas tarder. Vous voulez boire un café en attendant?
– Ce n'est jamais de refus maman, j'adore ton café !
– Bonjour Sofia, bonjour Véronique, bonjour les petits.

Constance accueille tout le monde avec bonheur et tendresse. À son retour, Anselme comprend très vite les étapes qu'il a manquées. Il ne sait strictement rien, mais en entrant dans la maison, il ne résiste pas à l'envie de leur montrer "qu'on ne la lui fait pas".
– Alors, où va-t-on ?

Sa réaction n'étonne personne en dehors des deux belles filles qui le connaissent mal. Anselme ne sait pas à quoi s'attendre, mais il sait très bien qu'ils ne complotent pas pour se partager son assurance vie. Il décide donc de se laisser guider jusqu'au bout, quelque part impatient de voir où cela le mènera. Constance prend les devants.

– Tu aimes les dessins animés avec "Mickey", n'est-ce pas, hé bien, c'est là que nous allons !

– Tu veux me voir retomber en enfance !

– Pourquoi pas, approuve Constance ! Mais le plus important, est qu'il y a en ce bas monde beaucoup d'autres gens qui pensent à toi …

– Pardon ?

Anselme fronce les sourcils ; il regarde Constance s'éloigner vers la cuisine, le laissant planté là, la langue pendue.

– Mais… chérie, de qui tu parles ?

Il sait très bien qu'elle adore s'amuser à ce jeu. La connaissant, il n'insiste pas.

– Bon, assez de mystères, allons-y !

Cette journée s'annonçait sous de bons auspices ; tout semblait se dérouler parfaitement bien. Anselme était d'excellente humeur, les enfants heureux d'être là, et Constance avait l'intime conviction que ces fêtes seraient inoubliables.

Tous avaient une vague idée sur la soirée qu'allait passer Anselme. Greg et Seb échangèrent un regard complice avec leur mère qui était tout excitée de voir ce qui arrivait à l'homme qu'elle aime. Outre certaines tensions qu'il y avait eu à l'époque entre Grégory et son père, il était hors de question de gâcher les fêtes avec le passé.

Tout le monde s'installa autour de la table de la salle à manger pour savourer un bon petit-déjeuner. Le mot d'ordre était "Motus et bouche cousue " à l'égard d'Anselme. Mais, ils ne devaient pas trop en faire, car ils auraient fini par le mettre mal à l'aise.

En revenant de la cuisine avec dans les mains un plateau garni de café, de tasses et de lait, Constance précisa qu'ils ne pourraient pas emmener le chien à Paris.

– Nous n'aurons qu'à le laisser à Bernard, ils s'adorent tous les deux, répondit calmement Anselme !

Se rendant compte qu'elle avait omis le sucre sur la table de la cuisine, elle se leva, suivie de Sophia, un peu intriguée.

– Oui Sofia qu'est ce qu'il y a ?

– Je peux vous poser une question indiscrète ?

– Si ça ne l'est pas trop, oui !

– Il est toujours comme ça ?

– Comme quoi ?

– Eh bien, il ne sait pas de quoi il en retourne et je le vois accepter de chambouler ses plans avec une telle sérénité !

– Tu sais, Anselme est quelqu'un qui prend la vie comme elle vient. Si tu lui demandes, il te dira qu'elle est ainsi faite, c'est à dire pleine d'imprévus.

– Oui, mais là, on lui apprend qu'il va devoir supporter un voyage de mille quatre cents kilomètres, aller-retour, pour aller dans un endroit inconnu, où il ne sait pas ce qui l'attend ! Beaucoup ne le prendrait pas comme lui.

– Il s'en moque, reprit Constance. Les surprises ne le dérangent pas. Il sait très bien que nous n'allons pas le mener à l'échafaud. De plus, je ne lui ai jamais donné de raisons de se méfier de moi.

– C'est déjà une bonne chose lorsqu'une confiance mutuelle perdure dans un couple. C'est ce que nous nous efforçons de faire avec Greg.

– Et vous ne vous en porterez que mieux en maintenant cette règle essentielle, assura Constance. Je n'ai jamais eu ce problème avec Anselme. Il est quelqu'un de confiant par nature. D'ailleurs, nous nous sommes souvent disputés à ce sujet.

– À bon !

– Je lui reprochais d'être trop naïf par le passé. Il donnait sa confiance à tout le monde sans se méfier, et ça me mettait hors de moi !

– Ce n'est pourtant pas si grave, reprit Sofia, c'est plutôt bien d'être capable de la donner aussi facilement, même s'il arrive que certains n'en soient pas dignes.

– Tu as tout à fait raison Sofia. C'est précisément en cela qu'il m'a fait évoluer. Avant de le rencontrer, je ne la donnais pas aussi facilement que ça, tu sais. J'éprouvais souvent le besoin de mettre les personnes à l'épreuve dès que l'occasion se présentait. Mais je me suis aperçu avec le temps que nous obtenons seulement les réactions aux provocations que nous faisons.

– Je comprends ; c'est plus une question de rapports humains n'est-ce pas ?

– Exactement. Pour lui, on doit pouvoir faire confiance à son entourage ; il dit souvent, « Ça fait toujours un souci de moins ». Toute sa vie est basée là-dessus. Tu as apparemment pas mal à apprendre. Mais j'ai su l'observer, et il m'a beaucoup appris de la vie. Anselme est quelqu'un qui vit au jour le jour tout en étant capable de se projeter dans l'avenir beaucoup plus loin que nous tous réuni.

– Il y a une telle différence avec mon père ; si quoi que ce soit change dans son organisation quotidienne, il est perdu !

– Il doit probablement en avoir peur. Mais, il n'y a que lui qui connaisse la réponse à cette question. Nous avons tous un fardeau sur les épaules. Et ton beau-père s'est toujours débrouillé pour éliminer les problèmes avant qu'ils ne deviennent fardeau. Ce n'est pas l'évidence mais quand on l'observe, on se demande s'il vit sur la même planète que nous. Et pourtant, il est comme toi et moi. Seule sa philosophie de la vie fait la différence. Si tu le désires, nous pourrons reprendre cette conversation une autre fois. En attendant, sache qu'il est aussi doté de fichus défauts, mais tu ne le cries pas trop fort, n'est-ce pas ?

– D'accord, je dois vous avouer que depuis que je vis avec Greg, je me remets en question de plus en plus fréquemment parce qu'il a hérité de ce comportement. En discuter avec vous m'aiderait probablement à mieux le comprendre quelques fois.

– Nous en reparlerons, c'est promis.

– Merci Constance.

– Il n'y a vraiment pas de quoi ; je contribuerais par la même occasion au bonheur de mon fils, plaisanta-t-elle un sourire en coin. Nous y allons ! Tiens, apporte-leur le sucre.

Greg avait compris qu'elles avaient eu une conversation.

– Tout va bien ma puce ?

– Oui très bien. Voilà "l'adoucissant-café" !

Sofia reprit place au côté de son mari et Constance les rejoignit.

– Bien, vous avez le choix entre des pains au chocolat et des croissants. Ils sont d'hier, mais ils devraient s'avaler facilement spécifia Constance.

– Ce n'est pas grave, si ça n'est pas le cas, nous nous rattraperons sur ton café. Il réussira à compenser, assura Sébastien !

– Merci du compliment mon fils. Aller, ne prenons pas de retard, à l'attaque et bon appétit tout le monde ! Nous avons au moins sept heures de route qui nous attendent.

Sitôt terminé, Anselme se leva de table et conduisit Drakkar chez Bernard.

– Ah, C'est maintenant que tu me le mènes !

– Inutile de te dire le temps que tout cela prendra, j'imagine que tu es déjà au courant !

– Penses-tu que tu me l'auras pardonné d'ici à nos quatre-vingts ans?

– Je vais y réfléchir pendant le trajet. Tu sais quoi faire avec le chien n'est-ce pas ? Regarde-le, c'est tout juste s'il ne me pousse pas pour que je m'en aille !

– Sois sans crainte. Vas-t-en vite, et joyeux Noël à vous tous !

– À vous aussi et merci. Embrasse Suzanne pour nous, et surtout, soyez sage !

Bernard savait en partie ce qui attendait son ami. Il le regardait se diriger vers sa maison et ne put s'empêcher de laisser apparaître un sourire admiratif.

– Tu vois Drakkar, je vais te dire une chose très importante. Il s'accroupit à hauteur du museau de l'animal, lui appliqua une caresse sur le crâne et le regarda droit dans les yeux.

– Ne change jamais de maître !

Drakkar lui lécha le visage. C'était certainement sa manière de lui signifier « Ça n'arrivera jamais! »

Suzanne son épouse, ne se lève jamais avant neuf heures le matin. De même que Bernard, elle connaissait le projet de ses amis et ne fût pas étonnée de trouver son mari en compagnie de Drakkar, tous deux installés sur la terrasse. Les yeux encore à moitié clos, elle arriva avec deux tasses de café à la main.

– Bonjour "Panou". Tel était le petit nom hérité d'anciennes générations italiennes qu'elle lui donnait. Elle apposa un baiser sur sa joue et s'installa avec eux.

– Alors où en sont-ils ?

– Ils se préparent et ne devraient pas tarder à partir.

– Anselme ne sait toujours rien ?

– Non, ce sera vraiment une surprise.

– C'est beau ce qui lui arrive, tu ne trouves pas ?

– Pas pour quelqu'un comme lui chérie, je dirais plutôt que c'est normal. Et pour autant que je sache c'est largement mérité.

– Tu as raison, c'est quelqu'un de bien.

– Il ne saurait en être autrement puisqu'il est notre ami… notre meilleur véhicule !

C'était devenu une plaisanterie entre eux. Avec le temps, ils avaient fini par adhérer à "la philosophie Anselme", lequel avait une définition de l'amitié plutôt personnelle …

– « Une relation amicale ou amoureuse peut être comparée à une voiture de nos jours. Il peut arriver qu'une pièce flanche ; il suffit simplement de réparer pour continuer d'avancer, même si quelquefois, ça coute. Au même titre que les voitures, toute relation fait avancer d'une manière ou d'une autre. On commence déjà par la choisir. Ensuite, on l'alimente en carburant, et on ne lui met pas de gas-oil si ses préférences vont vers le super ; il faut respecter ses goûts. On la nettoie lorsqu'elle est salie ; on respecte la mécanique pour ne pas la brusquer et par conséquent, provoquer une vive réaction chez elle ; on fait des virées. Il peut lui arriver d'être capricieuse et de nous exaspérer au point de jurer contre elle. Mais ce ne sont que des passades, tout le monde a son caractère … »
– Tiens, les voilà qui sortent, reprit Suzanne.

Elle leva un bras pour les saluer. Anselme et sa famille en firent autant. Ils embarquèrent dans les deux grandes voitures et entamèrent doucement leur périple, en faisant un dernier signe de la main à leurs amis. Drakkar se leva brusquement et les suivit le long de l'enclos jusqu'au bout du terrain en aboyant, « Vous me manquerez ».

Il n'y avait pas dix minutes qu'ils étaient partis que le facteur arriva sur son vélo pour déposer une lettre dans leur boîte.
– Bonjour Daniel, tu les as manqués de peu, ils viennent tout juste de partir !
– Bonjour vous deux, bonjour Drakkar. Il n'y a rien pour vous aujourd'hui.
– C'est très bien comme ça, dit Suzanne, tu peux garder les factures !
– Je ferais passer le message, mais si elles mettent autant de temps à arriver que la lettre qui est adressée à Anselme, vous serez tranquille pour les quinze années à venir !
– Ah bon, pourquoi, questionna Bernard ?
– Parce qu'elle a été envoyée en mille neuf cent quatre-vingt-quatorze ! Je continue, je suis en retard, bonne journée.

Bernard et Suzanne se regardèrent, intrigués.
– Espérons que nous ne les recevrons pas toutes en même temps dans dix-neuf ans, continua-t-il à chiner !
– Bernard, nous aurions presque quatre-vingt-dix ans, tu imagines !

Elle regarda au loin espérant repérer le convoi qui était déjà à plusieurs kilomètres de là et poursuivit,

– Il faut tout de même reconnaître que tout ça est bien étrange…

– Comment ça peut arriver ; tu te rends compte? Et si c'était une nouvelle importante, nous sommes tout de même en deux mille treize! Je l'ignore, c'est décidément un Noël rempli de mystères cette année.

« *Le bonheur est quelque chose qui se multiplie quand il se divise.* »
Lao-Tseu

3

En route !

Sébastien et Grégory sont les deux chauffeurs. Âgés respectivement de vingt-cinq et vingt-six ans, ils ont passé leur permis de conduire ensemble et en sont encore dans la période où sept cents kilomètres à parcourir ne représentent pas un problème. Constance a choisi d'embarquer avec Grégory et Anselme avec Sébastien.

Sofia est enchantée de ce choix, car elle apprécie beaucoup sa belle-mère. Quant à Anselme, qu'il soit avec l'un ou l'autre lui importe peu. Ses rapports avec ses deux fils sont différents, quelquefois explosifs dans le passé, mais ils sont bons. La plus grande différence entre les deux se situe au niveau de la sensibilité de Sébastien qui est plus prononcée. Installé à l'avant de la voiture, Anselme entame la conversation.

– Fiston, je dois avouer que j'ai une préférence pour la musique que tu écoutes. Tu aimes toujours autant la musique celtique ?

– Oh oui, plus que jamais ! Regarde ce CD …

Anselme ausculta minutieusement les titres qu'il connaissait pour la plupart.

– Eh bien, le voyage promet d'être agréable, reprit-il, Carlos Núñez, Dan Al Braz, Rita Connoly, Gilles Servat, tu nous gâtes.

– Et toi Véronique, tu aimes cette musique ?

– Oui je l'adore ! Pour moi, c'est un peu comme de la musique classique en un peu plus rythmée, faite avec des instruments qui sortent de l'ordinaire.

– Tu parles sans doute de la cornemuse ?

– Oui entre autres. Et, il y a aussi ces chants. Ils sont tout simplement magnifiques.

– Ceux de Denez Prigent par exemple, sont très beaux.

– Dites-moi les enfants, à partir de quel moment comptez-vous me dire ce qui m'attend ?

– En tout cas, pas aujourd'hui papa !

– Véronique, imagine que je te confie un grand secret sur Sébastien, me le dirais-tu ?

À ce moment-là, il lança un regard furtif et amusé à son fils et ses petits enfants en les rassurant d'un clin d'œil. Mais le jugement ne tarda pas à tomber !

– Oh papi quel tricheur !

– Et vous mes chers petits fils que j'adore ...

– Laisse tomber papi !

– Vous ne valez pas mieux que mon ami Bernard, plaisanta-t-il !

Sébastien souriait. Mais Véronique décida à son tour de lui rendre la monnaie de sa pièce.

– Je peux vous en dire un peu plus si vous voulez !

Surpris, les enfants regardèrent leur mère avec inquiétude.

– Voilà au moins une personne compréhensive dans cette voiture ! Je t'écoute ; je saurais te récompenser pour ton acte !

Sébastien savait très bien qu'elle ne dirait rien et attendait avec impatience la bêtise qui lui était passée par la tête.

– Eh bien, "Joli-papa", je peux vous dire que ce sera le Noël de votre vie, pour autant que je sache ... !

Anselme attendit quelques instants avant de réagir.

– Et c'est tout ...?

– Oui Anselme, mais avouez que ma réponse vaut bien la manière dont vous avez essayé de le savoir !

– Elle a beaucoup d'humour ta femme Sébastien, fit "papi", un peu déçu, mais heureux de constater un caractère "digne de son fils" chez sa belle fille !

– Bien, trêve de plaisanterie, reprit-il. Je vais arrêter de vous taquiner et dormir un peu. À tout à l'heure les enfants.

Respectueux, Sébastien baissa le volume de la musique ; à partir de cet instant, tout le monde prit soin de ne pas faire de bruit.

– Je vais te faire plaisir papa ; pour que tu t'endormes en toute sérénité, je te propose ce concert de musique celtique en "toile de fond" pour tes rêves. Tu m'en diras des nouvelles.

Regardant Véronique d'un air amusé, Anselme répondit,

– Voilà quelqu'un qui a un cœur dans cette famille !

Mais Véronique n'est pas du genre à se laisser démonter ...

– Oui, je sais, conclut flegmatiquement la jeune femme sur un ton ironique !

Anselme sourit, puis prit une position plus confortable et s'endormit au fil des kilomètres. Les enfants prirent le même chemin. Bientôt, seuls Véronique et Sébastien allaient être les deux seules personnes éveillées dans la grande familiale.

Véronique profita de cette occasion pour questionner son mari sur cette fameuse invitation, afin d'en savoir plus.

– Tu connais les gens qui nous ont envoyé cette invitation ?

Sébastien ne répondit pas promptement et préféra s'assurer que son père dormait suffisamment pour ne pas entendre leur conversation.

– On ne dit rien sur les deux millions d'Euros qu'on doit payer pour l'accident, d'accord !

Véronique fit les gros yeux, mais comprit rapidement qu'il s'agissait d'un moyen comme un autre de faire réagir son père dans le cas où il aurait été entre deux sommeils. Il savait qu'en entendant quelque chose d'aussi alarmant, il se serait inquiété et aurait demandé une explication.

– Ça va, on peut parler, reprit Sébastien !

– Tu es certain qu'il dort ?

– Oui, ne t'inquiète pas, il s'est toujours endormi comme une masse.

Jetant un coup d'œil sur son beau-père, Véronique poursuivit.

– L'espace d'un instant, j'y ai cru. Tu n'y es pas allé sur la pointe des pieds cette fois-ci !

– Au moins, on est sûr qu'il dort. Pour en revenir à l'invitation, je connais les personnes qui nous l'ont envoyé.

– Ah oui, c'est qui ?

– Je ne les connais pas personnellement, mais j'en ai beaucoup entendu parler durant mon enfance. Si je me souviens bien, ce sont des collègues à lui, qui lui font une surprise.

– C'est sympa ça ! C'est quoi cette surprise ?

– Ils ne se sont pas étalés là dessus. Ça a l'air d'être une soirée dont l'invité d'honneur sera mon père. Mais, j'ai été étonné de voir que ça se passait à Paris, parce que dans mon souvenir, si ce sont les personnes aux quelles je pense, ils habitent tous à Saint-Just où aux alentours.

– Ils veulent peut-être faire les choses en grand, hasarda Véronique !

– C'est possible. En tout cas, ils ne se sont pas étendus sur les détails.

Mais quoi qu'il en soit, ça coïncide avec notre projet pour les enfants; on ne sera pas loin.

– Oui, comme ça on sera déjà sur place. Il y a encore un détail qui m'échappe. Ce n'est pas sa fête, ni son anniversaire ?

– Non, pas encore, de toute évidence, c'est à l'occasion de Noël qu'ils ont décidé de l'organiser. Je pense qu'ils doivent avoir leurs raisons.

– Je trouve qu'ils en font un peu trop ; pourquoi faire autant de mystères autour de cette soirée ?

– Pour tout te dire, je n'en sais rien, ils ont peut-être prévu quelque chose de spécial et veulent lui en faire une surprise totale.

– Tu as sûrement raison ; ils doivent avoir les moyens pour prendre en charge nos chambres, parce qu'on est une dizaine, c'est pas rien ça.

– S'ils le font, c'est qu'ils peuvent se le permettre et doivent grandement l'apprécier.

– Tu m'étonnes ! On ne fait pas ça au premier venu. Moi aussi, je l'aime bien ton père, je le trouve cool.

C'est vrai qu'avec l'âge, il s'est radouci, mais il n'a pas toujours été aussi coulant, tu sais !

– Oui c'est l'évidence même, il devait être un père indigne quand on te voit !

Sébastien baissa la tête un instant en continuant la plaisanterie.

– C'était infernal, on était très malheureux ...

– On pourrait presque y croire, mon chéri !

– C'est vrai ?

Il laissa s'écouler quelques instants, puis reprit.

– J'ai peut-être manqué ma vocation d'acteur de cinéma, dit-il en souriant !

– Bon alors... Ça ne me dit pas quel père indigne il était !

– Je voulais dire qu'il était plus dur avant, plus strict, si tu préfères. Par exemple, lorsque Grégory ou moi provoquions une catastrophe, on avait droit à une punition longue de préférence pour marquer le coup et éventuellement une fessée. Si elle était importante et engendrait une certaine somme d'argent à débourser, il s'arrangeait pour que nous fassions des travaux ou que nous rendions service au plaignant jusqu'à hauteur du préjudice. C'est vrai que sur le moment c'était pas très cool, mais avec le recul, même si on le trouvait dur, il n'a pas été un si mauvais père ; à sa manière, il nous a inculqué des vertus, du savoir-vivre et surtout à être responsable de nos actes. Et lorsque ma mère voyait qu'il allait trop loin, elle intervenait et le ramenait à la raison.

– Ta mère aussi a l'air d'avoir son caractère, souligna Véronique. J'adore discuter avec elle, sa conversation est très intéressante.

– Elle l'est davantage aujourd'hui, parce qu'elle fait la part des choses. Avant, elle était gentille comme tu peux le voir aujourd'hui, mais elle était emmerdante par moments avec sa psychologie. Elle réussissait même à faire craquer mon père quelques fois !

– Sa psychologie tu dis ?

– Pour te le résumer en quelques mots, lorsqu'elle commençait à analyser une situation, ça pouvait durer deux heures. Et rien que pour éviter ça, on redoublait d'attention dans tout ce qu'on disait. Mais il faut reconnaître qu'elle tombait souvent juste !

– Elle a été psychologue dans le passé ?

– Non, mais j'ai compris plus tard que ça venait de son enfance.

– Ah bon, elle était malheureuse ?

– Il y a un peu de ça oui. Elle était rejetée dans son enfance et elle a commencé très tôt à analyser les situations, les gens, car elle ne faisait confiance à personne.

– C'est normal …

– Tout ça, je l'ai compris avec le temps et quand je discute avec elle aujourd'hui, c'est différent, je l'écoute d'une autre oreille ... Même quand elle fait remarquer qu'un acteur a mal refermé sa portière de voiture dans un film !

Véronique esquissa un sourire.

– Tu n'as pas envie de dormir un peu maintenant, reprit Sébastien ?

– Peut-être ; je vais m'allonger sur le siège et je verrai après.

– Tu fais comme tu veux ma puce.

Il y avait encore une question qui taraudait Véronique depuis quelque temps ; « C'est une bonne occasion d'en parler », pensa-t-elle. Elle voulut en avoir le cœur net.

– Amour ...

– Oui ... « Elle va être morte de fatigue si elle ne ferme pas un peu les yeux », pensa-t-il.

– J'ai surpris une conversation il y a deux mois entre tes parents lors de notre dernière visite, ils parlaient d'un certain Rémy et ton père avait l'air bouleversé ; c'était son frère ?

Sébastien en avait entendu parler durant une longue partie de son enfance, Rémy était devenu à une époque, le sujet principal des conversations pendant les repas. Il en avait d'ailleurs éprouvé une certaine jalousie.

– Non, ils n'étaient pas frères, en tout cas pas dans cette vie…

– Qu'est-ce que tu veux dire ?

– Rémy était l'un de ses patients à Méribell et en d'autres circonstances, ils auraient été les meilleurs amis du monde, bien que… ce fût déjà plus ou moins le cas, mais il était tétraplégique. Tout ce que je peux te dire, est qu'il l'aimait comme un frère, car mon père était sa seule famille. Dors maintenant, tu as besoin d'un peu de sommeil.

Véronique n'insista pas, s'allongeât sur son siège, mais éprouva quelques difficultés à trouver le sommeil.

Dans la première voiture qui les précédait, l'ambiance était joyeuse. Gérémi, le fils unique de Grégory et Sofia, s'amusait à faire des signes à celle de derrière. Il gigotait, mais Sofia savait qu'il se calmerait rapidement.

– Apparemment Kévin et Angel ont déjà dû s'endormir, et on dirait que Véronique va en faire autant, remarqua Constance !

– C'est probable, reprit Sofia, leurs deux bambins sont beaucoup plus calmes que Jérémie. Mais dans l'ensemble, nous n'avons pas à nous en plaindre.

Le convoi arriva bientôt sur l'autoroute en direction de Paris. Ceux qui avaient commencé à somnoler étaient définitivement dans les bras de Morphée. Les deux conducteurs n'avaient peut-être pas beaucoup d'années de conduite derrière eux, mais ils évoluaient à une vitesse constante avec une grande souplesse.

*« Le corps et l'âme ne sont pas deux entités différentes,
mais deux manières de percevoir la même chose. »*
George Santayana

4

Rêve ou cauchemar ?

Anselme dormait à poings fermés et ne ronflait pas contrairement à son habitude. On pouvait distinguer un léger sourire sur son visage. Il avait vraiment l'air heureux, il rêvait. Mais ce rêve avait quelque chose d'inhabituel. C'était comme si on le lui proposait sur un plateau ; comme si quelqu'un s'était immiscé à l'intérieur de sa tête.

Il fit un bond de plusieurs années en arrière ; il se retrouva en mille neuf cent quatre-vingt-douze plus précisément. C'était la période où il était infirmier dans la clinique "Méribell". Tout était pareil à son souvenir. Mais, quelque chose lui paraissait étrange. Il eut le sentiment qu'une personne qu'il connaissait en ce temps là, était venue le prendre par la main pour l'emmener jusque-là, dans un but bien précis. Il vit soudain une forme humaine entourée d'une fine aura blanche, mais très lumineuse pareille à une armure assurant une protection à toute épreuve. Il n'arrivait pas à distinguer le visage, mais il avait le sentiment de le connaître ; cet être lumineux se rapprochait de plus en plus de lui, doucement, mais sûrement, jusqu'à ce qu'il puisse enfin en découvrir les premiers traits. « Non, ce n'est pas possible, je rêve! » Pensa Anselme désemparé.

"L'être" n'était plus qu'à deux pas de lui et continuait d'avancer calmement. Son visage lui apparut enfin ; un large sourire prit place sur la figure d'Anselme qui tentait de se contrôler, mais dont l'expression trahissait un profond émoi.

– Rémy, c'est toi…C'est bien toi ?

Anselme était subjugué par ce qu'il voyait et ne put s'empêcher de verser réellement une larme, tant l'émotion était forte.

– Anselme, mon ami, je suis content de te revoir.

Rémy souriait et était tout autant heureux.

– Comment est-ce possible ; suis-je mort ?

– Absolument pas ! Mais je t'ai toujours dit que tout est possible avec l'esprit : il suffit de le croire. Et puis, tu es simplement en train de rêver !

– Tu n'imagines pas à quel point je suis heureux de te revoir. Le jour où tu es mort, c'était un peu comme si une partie de moi-même s'en était allée.

– C'est comme ça que ça se passe entre deux amis, dit Rémy en lui mettant une main sur l'épaule.

– Tes clignements d'yeux m'ont terriblement manqué par la suite, tu sais.

C'était le moyen de communication qu'ils avaient instauré entre eux lorsqu'ils n'étaient pas seuls. Un clignement signifiait "oui" et deux signifiaient "non".

– Et moi, c'est ta présence qui m'a le plus manqué. Mais, je n'ai jamais été bien loin non plus.

– Comment ça ?

– Je t'expliquerai tout ça plus tard. Pour l'instant, viens avec moi, il y a quelque chose que tu ne sais pas et que tu dois voir absolument.

– Où m'emmènes-tu ?

– Ici même à Méribell, mais à l'époque, les conseils que tu leur as donnés, ont fini par porter leurs fruits. Tu as cru t'être adressé à un mur avec chacun d'entre eux et ils ont réussi à te le faire croire.

– De quoi parles-tu ?

– Rappelle-toi ...

– Comment ça, tu veux dire que ...

– Oui Anselme, je veux dire que ! Et suite à ça, tout a changé à Méribell ; tous ont fini par repartir chez eux comme tu le sais. Ils ont tellement d'estime pour toi, qu'ils voulaient te montrer le fruit de leur travail, car ça n'a pas été facile tous les jours pour eux.

– Oui, je m'en doute.

Soudain, Anselme eût un étonnement.

– Depuis que nous discutons, je viens juste de réaliser que tu te tiens debout et que je parle avec toi comme nous n'avions jamais pu le faire auparavant. Mais c'est vrai que je ne dois m'étonner de rien avec toi!

– Je ne peux décemment pas tout t'expliquer Anselme. Tout ce que je peux te dire, est que nous nous retrouverons un jour ; mais si je t'en dis trop, j'ai peur que tu aies envie de venir me retrouver avant l'heure !

– Donc, si je comprends bien ce qui est en train de se passer, tu te sers de ta télépathie ou quelque chose du genre pour créer tout ça ?

– Non Anselme, tu viens tout simplement de voyager dans l'espace-temps !

– Pardon ?

Rémy ne put s'empêcher de rigoler.

– Oui mon ami, nous sommes vraiment en mille neuf cent quatre-vingts douze !

Mais comment tu fais ça ?

– L'esprit Anselme, encore et toujours l'esprit... Souviens-toi de toutes ces conversations que nous avions à ce sujet ; souviens-toi de la première fois où nous avions communiqué avec nos esprits.

– C'est vrai qu'avant de te rencontrer, je ne me serais jamais cru capable d'une telle faculté.

– Tu as employé le terme exact ; c'est bien d'une faculté dont il s'agit et non d'un don.

– Oui je me rappelle de tes explications ; nous n'exploitons même pas dix pour cent de nos capacités, et lorsque quelqu'un dit avoir un don de médiumnité ou de télékinésie ou je ne sais quoi encore, on parle de surnaturel alors qu'il n'en est rien, c'est bien ça... je ne me trompe pas ?

– C'est tout à fait exact ! Mais tu aurais pu choisir plus simple ; par exemple, lorsqu'une personne fait un rêve prémonitoire, nous ne crions certes pas au surnaturel parce que c'est rentré dans les mœurs, mais si on y regarde d'un peu plus près, c'est déjà un premier pas vers la voyance, donc une de ces facultés que nous n'exploitons pas souvent... En tout cas consciemment, dit Rémy, aujourd'hui bien placé pour aborder ce sujet.

– Et peux-tu me dire comment tu fais concrètement ?

– Tu m'avais parlé un jour de ton enfance, de ces escapades nocturnes que tu faisais avec tes bottes de sept lieux, t'en souviens-tu ?

– Comme si c'était hier ; j'adorais ce dessin animé et c'est vrai que je peux encore le ressentir aujourd'hui, presque soixante ans après. La façon dont je m'élevais dans la pièce et toutes ces toitures que j'enjambais quatre à quatre. J'allais souvent jusqu'au château de Tarascon, puisque c'est là que nous habitions. C'était vraiment une sensation unique. Dans ces moments là, j'étais tellement léger, dans une telle sérénité et j'éprouvais une telle liberté, qu'il m'est arrivé de ne pas avoir envie de rentrer ... Et je n'avais que quatre ans !

Anselme stoppa net puis reprit,

– J'ai compris ; je crois que je connais la réponse à la question.

– Et bien pour moi, c'est un peu le même principe ; la seule différence, c'est que mon corps est mort, et c'est le seul moyen que j'ai de me déplacer. Pour couronner le tout, je peux même le faire à travers le temps !

– Toi qui as toutes les réponses, si j'ai pu le faire quand j'étais gamin, j'imagine qu'il doit être possible de le faire à n'importe quel âge.

– Théoriquement oui, nous pouvons tout faire, mais celui ou celle qui entreprendrait de développer de telles capacités, ou si tu préfères d'exploiter ses quatre-vingt-dix pour cent dormants, serait rapidement considéré comme un extra-terrestre voire comme quelqu'un de suffisamment mûr pour l'asile, car nous avons toutes nos capacités en éveil à la naissance. Mais nous les perdons en grandissant avec notre environnement. Personne ne pourrait comprendre ces raisonnements ; ceux qui le pourraient s'arrangeraient probablement pour le faire enfermer, car il leur ferait peur. Un peu comme les "autistes de haut niveau" qui sont capables de ce qui nous semble être de véritables prouesses, mais qui en fait ne se concentrent que sur ce qu'ils font, d'où cette facilité à le mettre en pratique. Pour nous, ils sont dans ce que nous appelons "un monde à part", mais si tout le monde autour d'eux se laissait aller à exploiter une ou plusieurs capacités sans pour autant se couper du reste du monde, ils seraient alors des gens dits "normaux". Le monde tel qu'il est aujourd'hui n'est pas prêt pour recevoir autant d'informations d'un seul coup ; cela se fera, mais petit à petit, fait divers après fait divers, comme cet homme qui a développé sa vue sans même s'en apercevoir parce qu'il a tardé à retirer un bouchon de cérumen dans ses oreilles !

– Vraiment ?

– Oui ; il avait simplement basculé ce sens sur sa vision qui lui offrait de nouvelles fonctions : les couleurs exacerbées, une vue nettement meilleure, plus précise, plus efficace et révélatrice. Il avait inconsciemment réussi à mettre le doigt sur le processus, lequel n'est généralement développé qu'en cas d'extrême urgence. Tout arrivera avec le temps, c'est une certitude.

– Comment peux-tu en être certain ?

– Simplement parce que j'y suis allé !

« *Le commencement de toutes les sciences,*
c'est l'étonnement de ce que les choses sont ce qu'elles sont. »
Indira Gandhi

5

Promenade spirituelle

– Tu y es allé ... Mais où ?

– J'ai visité le futur, je suis allé jusqu'en deux mille deux cents !

Les deux amis philosophaient souvent sur le devenir de notre civilisation. Anselme y passait quelquefois deux ou trois heures après son service lorsque sa forme physique le lui permettait. Mais ça n'était pas là leur unique sujet de prédilection. Leurs conversations télépathiques traitaient tout aussi bien des actualités du jour, du dernier film de Steven Spielberg, en passant quelquefois par certains ragots dans la clinique. Tour à tour philosophe, journaliste, commère ou tout bonnement ami, Anselme appréciait grandement ces moments-là. Il ne les partageait avec personne d'autre que lui. Quant à Rémy, il vivait simplement ce qu'il n'avait jamais connu jusqu'ici.

– En deux mille deux cents ! Et qu'as-tu vu ?

– Je peux te dire que tout a radicalement changé. Les gens sont dans un tout autre état d'esprit. Même Dieu en a pris pour son grade !

– Dieu, dit Anselme interloqué ? Et que lui est-il arrivé, une panne d'électricité dans les cieux ?

– Sois sérieux une minute ; les gens ont découvert que "Dieu" n'est ni plus ni moins qu'un qualificatif… La partie de la bible soigneusement cachée par le Vatican stipulant que : « Dieu est en nous, Dieu est tout autour de nous, non dans des églises de pierre et de bois » a été mise au grand jour depuis longtemps. Tout a été expliqué en long, en large et en travers. Il s'est passé plus de cent vingt années avant que le monde l'accepte concrètement. Cela signifie que "Dieu" c'est nous, ou plutôt chacun d'entre nous, au sommet de ce que nous avons la capacité d'être ou pour simplifier, au meilleur de nous même.

– Tu es en train de dire que "Dieu" n'est qu'un simple mot ?

33

– Oui, exactement ; en d'autres termes, nous sommes tous des Dieux en puissance ! D'ailleurs, si on y réfléchit bien, celui qui croit en lui n'a pas besoin de croire en qui que ce soit d'autre. Lorsque nous disons "Dieu merci", nous le remercions pour quoi ? Son coup de baguette magique ? C'est tout de même l'homme, et lui seul, qui se sort de ses problèmes et non une entité légendaire perchée sur un nuage !

– Quelque part, c'est logique ce que tu me dis là. Mais pourquoi me le dire dans ce cas ? Il me semble, que je fais partie intégrante de tous ces gens, même si j'ai l'esprit un peu plus ouvert et que je te rejoins sur beaucoup de points, dit Anselme stupéfait.

– Parce que c'est toi qui sera le précurseur d'une ère nouvelle dans ton domaine. Dans le futur, le monde entier te connaît pour tout ce que tu as fait pour eux. Tu as su appuyer sur le bon "interrupteur". Tu as changé leurs vies et tu es devenu pour la médecine et pour la vie elle-même ce qu'Einstein est à la science. Tout a démarré avec toi !

– Vraiment ?

– Oui Anselme, mais je te rassure, quand tu te réveilleras tout à l'heure, tu ne te rappelleras de rien.

– Et pourquoi donc ?

– Ce n'est pourtant pas difficile à imaginer !
Tu commenceras à le comprendre beaucoup plus tôt que tu ne le penses.

– Et voilà, un de plus ! En ce moment tout le monde se ligue pour ne rien me dévoiler !

– Trouves-tu que je ne t'ai rien dévoilé aujourd'hui ?

– C'est vrai que tu m'en as dit, mais je ne m'en souviendrai pas, alors!

– Maintenant, reprends-toi un peu et suis-moi, je vais te montrer ce que tu as fait.

– Mais… mais… qu'est-ce qui se passe…? J'ai l'impression de voler!
Rémy regarda Anselme avec un grand sourire.

– Il y a un peu de ça. Voilà l'endroit... Nous sommes maintenant en deux mille deux !

– En deux mille deux ?
Anselme eut soudain l'impression d'être observé …

– Attention, fit-il virulemment !

– Ne crains rien, personne ne peut nous voir. Les plus sensibles pourront peut-être nous deviner ou sentir notre présence, mais ça s'arrête là.

– Attends une minute… Je les reconnais !

– Bien entendu, tu as travaillé avec eux, reprit Rémy.

– Mais que font-ils ?

– Tu le vois bien !

– Je n'arrive pas à le croire.

– Et toi, qu'as-tu fait ? Tu t'en es bien sorti à ta manière !

– C'est vrai…

– Et comment y es-tu parvenu, tu t'en souviens, n'est-ce pas ?

Ces simples paroles replongèrent Anselme quelques années en arrière. Il commençait sans s'en rendre compte à fouler les sentiers de la délivrance…

– Plusieurs facteurs sont entrés en jeux. J'ai souvent "cinématographié" ma vie dans les moments difficiles. La musique m'a beaucoup aidé. Je pouvais en ressentir les vibrations jusqu'au plus profond de mon être ainsi que toute l'émotion qu'il en ressortait. C'était comme si ma vie était devenue un film dans lequel j'avais le rôle principal. J'imaginais Constance et tous les gens que j'aime assis devant un écran de cinéma suivant tous mes efforts en m'encourageant comme on le ferait avec le héros de l'histoire. Je le faisais non seulement pour moi, mais aussi pour eux.

Je m'étais documenté, il y a bien longtemps sur la réaction des animaux aux différents sons. La plupart réagissent aux ultra-sons et aux infrasons, comme nous à notre naissance, mais nous perdons cette faculté en grandissant. Celui qui veut prévenir d'un tremblement de terre sur une zone séismique, n'a qu'à y implanter une réserve naturelle avec des animaux toutes espèces confondues. Le jour on les voit s'affoler et vouloir quitter les lieux, on peut être sûr à cent pour cent qu'une catastrophe est imminente. On peut donc en conclure que s'ils réagissent à ça, ils pourraient réagir à d'autres sons, si on leur prête quelques sentiments. D'ailleurs, je crois que des recherches sont faites à ce sujet. Et bien c'est pareil pour nous. La seule différence qu'il y a entre eux et nous, c'est notre évolution, notre mode de vie. Et cela nous fait réagir à d'autres sons.

– Tu es une vraie source de science Anselme, plaisanta Rémy ; mais c'est vrai que tu ne t'es jamais arrêté aux écrits des livres de médecine toi !

– Et tu en sais quelque chose, n'est-ce pas, plaisanta à son tour

Anselme ? Mais il n'y a pas que ça, il y a aussi le cristal ... Tu connais le cristal ...?

– Si tu m'avais demandé ça de mon vivant, je t'aurais répondu que j'en avais entendu parler, mais aujourd'hui, c'est différent, j'ai eu l'occasion d'aller voir ...

– Ah oui ! Et à quelle époque es-tu allé pour voir l'utilisation de cette roche ?

– C'était bien avant notre civilisation, bien avant notre ère !

– C'est dingue ça, si on pouvait voir tout ce que tu vois de notre vivant!

– Non Anselme, tu y perdrais tous tes points de repère... Réfléchis trente secondes... Même moi, j'ai eu du mal à revenir.

– Pourquoi, c'est trop loin ?

– En quelque sorte oui, cela ne fait tout simplement pas partie de notre ère. Mais on est en train de s'égarer là, tu me parlais du cristal ...

– Oui, pour en revenir aux sons qui nous font réagir, le cristal est à mes yeux, ce qu'il y a de mieux. Je veux parler plus précisément des bols de cristal, qui sont des sons tournants, qui nous réveillent la conscience et nous incitent à réfléchir sur nous-mêmes ainsi que sur notre relation avec le monde. Ce son nous met rapidement en harmonie avec notre "soi-intérieur" parce que c'est justement de là qu'il nous semble venir. Il éveille notre réflexion et nos pensées qui se voient stimulées, il dévoile nos qualités endormies et nos talents cachés. En somme, il développe l'intelligence de notre potentiel. L'effet de résonance sur notre corps est immédiat parce que la silice qui compose le cristal se trouve aussi dans notre corps. Ce qu'elle nous dévoile de la vie se présente sous forme d'images nouvelles et d'impressions que nous n'avions jamais eues jusqu'alors. Il nous appartient de prendre ce qu'il y a de meilleur pour nous.

– Dis donc tu en connais un rayon sur le sujet, s'étonna Rémy.

– Je pourrais t'en faire un cours, en toute modestie, certifia Anselme!

– Je croyais en avoir eu un !

– Loin de là ! Je suis tellement fasciné par tout ça que je pourrais t'en parler durant des jours ! En outre, je suis certain que les animaux y réagissent aussi, mais comment ? Là est la question !

– C'est tout à fait réaliste Anselme, tu imagines, si les dinosaures avaient évolués de la même manière que nous !

Anselme s'esclaffa, et abonda dans le même sens.

– Oui j'imagine très bien un monde dans lequel évolueraient tous les animaux préhistoriques portant une mallette remplie de dossiers pour aller au boulot, et des écoles avec des classes constituées de mignons petits T-Rex turbulents auxquels un dinosaure plein de sagesse inculquerait les bonnes manières !

Rémy avait sciemment ouvert une parenthèse pour détendre Anselme, car il voyait que cela représentait un sujet de conversation douloureux pour lui.

– Merci Rémy, dit Anselme ému en le regardant amicalement.

– Mais ... de quoi mon cher, je n'ai rien fait !

– Arrête ton char Rémy ! Là, il le regarda dans le blanc des yeux en souriant. Pour la première fois de ma vie, je vais pouvoir en parler sans verser une larme ...

– Et bien je t'écoute !

– J'apprécie beaucoup ce côté-là chez toi... Tu sais vraiment y faire, dit Anselme maintenant détendu.

– Alors, vas-y ; libère-toi …

– C'est que…je ne sais pas trop par où commencer.

– Essaye le début …!

– Je me lance… Je me souviens que ce jour-là, il faisait beau, une superbe journée s'annonçait. Comme tous les matins, je suis allé promener Drakkar. C'était un samedi et je devais refaire une partie de la clôture dans le jardin qui avait été abîmée par le chien au fil des ans. Alors quand je suis rentré, j'ai dit à Constance que je prenais la voiture pour aller acheter le nécessaire afin de pouvoir le faire dans la journée. J'ai pris le volant, j'ai roulé cinq minutes et à la sortie du village, Madame Granier, une vieille dame de quatre-vingt-deux ans à l'époque, aujourd'hui décédée, a traversé la route sans se soucier de la circulation ; elle a traversé juste devant mon capot et la seule réaction que j'ai eue a été de l'éviter. J'ai donc braqué sur la droite en me mettant debout sur les freins et j'ai fini ma course brutalement sur le mur de sa maison. On m'a dit plus tard à l'hôpital que je suis resté dans le coma pendant quatre jours. À mon réveil, je ne me rappelais même pas avoir eu un accident. Il m'a fallu quelque temps avant de retrouver la mémoire. Mais il y a quelque chose qui me dérangeait par-dessus tout, je ne sentais plus mes jambes, plus aucune sensibilité, plus rien !

Je voyais les infirmiers et les infirmières que je reconnaissais un à un, être aux petits soins pour moi. Plus le temps passait, plus je récupérais mes facultés, plus je me rendais compte de mon état. Quinze jours plus tard, j'avais retrouvé tous mes esprits et il y avait un phénomène que je ne pouvais expliquer, en tout cas pas sur le moment. J'entendais une voix qui me rassurait et me réconfortait. C'est un peu plus tard que j'ai compris que c'était toi et je me suis alors souvenu de cette relation privilégiée que nous avions. Quelque part, tu m'as aidé, mais le jour où j'ai compris que je ne me relèverais pas de sitôt, là tout s'est écroulé. Je le savais avant même que Ghislaine qui s'était dévouée pour me l'annoncer, ne le fasse. D'ailleurs, je n'avais qu'à regarder l'expression du visage de Constance qui essayait maladroitement de me le cacher pour le comprendre. J'avais l'impression que ma vie s'arrêtait ici dans cet hôpital, j'étais comme stoppé net dans mon élan de vie ; le temps s'était arrêté pour moi. Mon apparence physique rappelait plutôt celle d'un squelette et pour couronner le tout, le moindre geste me demandait un effort surhumain. Je ne ferais désormais plus partie des "actifs". Je pouvais à ce moment-là me rendre effectivement compte de l'ampleur du désastre mental qu'une situation comme celle-là peut provoquer surtout quand je suis sorti deux mois plus tard de ma chambre pour commencer la rééducation. Lorsque des personnes bien portantes venaient me rendre visite, j'étais sans arrêt dans cette souffrance énorme et il m'était impossible de l'exprimer devant eux ; j'avais l'impression que ça leur passait complètement au-dessus de la tête, qu'ils ne pourraient de toute manière jamais comprendre ce que j'éprouvais. Je me sentais mis à l'écart du monde.

Pour moi, seuls toi et les autres étiez en mesure de me comprendre et peut-être aussi Constance par son amour ; même si nos rapports sont devenus de plus en plus difficiles et se sont lentement détériorés au fil des années… Je suis progressivement devenu odieux avec elle en commençant par lui faire ressentir ma souffrance, et ce, bien malgré moi. Mais je ne pouvais pas me contrôler ; la douleur était bien trop forte à ce moment-là. Je ne pensais même pas qu'elle pouvait être malheureuse. Avec le recul, j'ai compris que ça n'a pas dû être facile pour elle non plus. Elle m'a confié par la suite qu'elle en était arrivée à un point où elle devait pratiquement prendre un dictionnaire de synonymes pour me dire "tout va s'arranger". Notre conversation téléphonique du soir que nous avions l'habitude d'avoir juste avant de nous coucher occupait toutes ses pensées depuis la fin de l'après-midi jusqu'à ce qu'on se parle. Quand elle réussissait à s'endormir, ce n'était jamais avant deux ou trois heures du matin ; et je n'ai pas vu tout ça. Cette expérience a vraiment tout remis en question dans notre vie ; jusqu'aux fondations même de notre couple. Que veux-tu ; nous avons tous des fantômes qui ne demandent qu'à ressurgir !

– C'est une réaction humaine Anselme. Ceux qui "optimisent" avant même de connaitre, se rendent compte tôt ou tard du bouleversement que provoque une telle expérience ; alors, tu n'as pas à culpabiliser pour ça. De plus, tu t'es bien rattrapé depuis …

– C'est vrai ; je pense avoir bien négocié mon "mea-culpa" ! Quoi qu'il en soit, je me rendais peu à peu à l'évidence... J'étais devenu ceux que je soignais. Je revoyais leurs regards quand je les réconfortais. Certes, ils appréciaient, parce que j'ai toujours été sincère avec eux, mais j'étais debout ... Et leurs yeux me le faisaient cruellement comprendre; il m'arrivait quelques fois de pleurer dans un coin tellement c'était insoutenable. Alors au bout de quatre mois de brouillard dans mon esprit, j'ai pris une décision, la meilleure de toute ma vie !

Maintenant que je savais, la moindre des choses que je me devais de faire pour eux et surtout pour toi, c'était de me battre pour marcher à nouveau. Ce jour-là, j'ai su que j'y arriverai. Tout le monde dans mon entourage professionnel et même amical m'avait condamné. Dès lors, je n'avais plus qu'une seule idée en tête …

« Vous n'y croyez pas, et bien ouvrez grand vos yeux qui vous serviront plus tard pour pleurer de joie, lorsque j'arriverai debout devant vous en tendant ma main droite en votre direction, pour vous saluer ! »

J'étais fier de moi, handicapé, mais fier ... Et c'est précisément ça que je voulais transmettre à Victor et les autres. C'était à mes yeux la meilleure façon de leur donner du courage. C'est un peu étrange comme sentiment, mais au bout du compte, j'étais presque heureux d'avoir eu cet accident. Je découvrais enfin quelle était ma mission dans cette vie. Et tous mes collègues qui me condamnaient, allaient pouvoir se rendre compte de quoi sont faites la volonté et la motivation humaine.

Pour eux, il était impossible que je remarche un jour. De plus, ils en avaient presque convaincu ma famille qui commençait doucement à perdre espoir. Ça m'a fait redoubler d'efforts lorsque je me tenais debout à l'aide des barres parallèles. Au début, j'avançais pratiquement millimètre par millimètre, puis centimètre par centimètre jusqu'aux premiers petits pas qui s'espaçaient de jour en jour. Je m'entraînais avec un Walkman et un casque sur les oreilles que je m'étais fait acheter par Constance. La musique que j'écoutais me motivait pour continuer encore et encore, matin, après-midi, c'était devenu une véritable obsession. Bien souvent on me disait que j'en faisais trop, en sous-entendant involontairement que le résultat était de toute manière couru d'avance. Mais je n'en tenais aucun compte. J'avais droit à certains avantages en faisant moi-même partie intégrante du personnel et je m'en servais ! Je devais leur montrer qu'ils se trompaient. J'étais devenu le héros de ma propre histoire ! Et il y a ce jour où Ghislaine, une infirmière et collègue est venue me voir lors d'une séance. À cette époque, ça faisait un peu plus de deux ans que je m'y attelais. Je l'ai vue s'approcher et j'ai décidé de faire une pause. Sur le moment, je n'ai pas compris l'expression de son visage. Elle regardait fixement mes jambes et mes bras d'une manière inhabituelle, et avec un grand étonnement. On aurait dit qu'elle venait de voir un fantôme. Je ne m'étais pas rendu compte que j'avais lâché les barres et que je me tenais debout devant elle sans aucun support.

Quand j'en ai pris conscience, je suis tombé dans ses bras et j'ai fondu en larmes. Je me disais, « Ça y est, j'y suis, maintenant je vais marcher ». Difficile de décrire ce que j'ai ressenti ce jour-là. C'était un mélange de fierté, d'accomplissement, et de libération, tout à la fois. Je m'imaginais déjà rentrer à la maison avec un fauteuil roulant et m'en relever devant Constance.

Lorsque je me suis ressaisi, je lui ai fait jurer de garder le silence jusqu'à ce que je me trouve suffisamment prêt pour en faire la surprise générale. Par chance, j'étais seul ce jour-là dans la salle de rééducation. Du coup, j'ai demandé à Constance qu'elle m'apporte l'un des albums d'AC/DC de mon fils Grégory. Tu n'imagines pas à quel point cette musique est entraînante, même si je n'ai jamais vraiment été fan. Mais dans ce cas bien précis, j'ai surtout apprécié la hargne de cette musique ; à chaque situation sa musique ! Ce fut vraiment une journée inoubliable. Alors vois-tu, il n'y a pas eu seulement la musique qui m'en a sorti, mais sans elle, aussi vrai que le soleil brûle, je n'y serais jamais parvenu. Voilà comment ça s'est passé pour moi…

Anselme parut soudain sourire aux anges…

– Qu'est ce que tu as, fit innocemment Rémy ?

– Je ne sais pas vraiment ; je me sens soulagé… Je découvre que je n'avais pas encore pris conscience des efforts accomplis. C'est vrai que je m'en suis donné de la peine !

– Et bien, sache que tu as fait l'admiration de tous !

– Je m'en suis rendu compte, mais ils ne m'ont rien dit. Entre nous, ils auraient dû m'en parler.

– Ils se le sont interdit.

– Pourquoi ça ?

– Ils estimaient que tu en avais fait suffisamment en tant qu'infirmier, et ils ne voulaient pas que tu passes tout ton temps avec eux. Tu avais une famille à t'occuper. Je pense qu'ils voulaient te remercier à leur façon. Alors, ils en ont discuté, encore et encore, jour après jour, semaine après semaine, et ils ont fini par se mettre d'accord. Ils n'ont rien dit à leur entourage non plus, pour pouvoir surprendre tout le monde. Leur motivation était à toute épreuve.

– Si je m'attendais… j'étais à mille lieux de penser que j'avais provoqué ça !

– Ils voulaient avant tout se sortir de leur situation dans laquelle ils étaient, pour eux, pour leur famille, pour moi et aussi pour toi.

Rémy observait Anselme qui était littéralement abasourdi.

– Alors qu'en dis-tu ?

– C'est merveilleux Rémy. Même si je ne dois pas m'en rappeler à mon réveil ; merci de m'offrir un tel spectacle.

– Tout le plaisir est pour moi Anselme ; et en matière de spectacle, tu n'as pas fini d'être surpris …

– Pourquoi ça ?

« *Le fou tient son cœur sur sa langue.*
Le sage tient sa langue sur son cœur. »
Héraclite

6

Progrès ?

Rémy mit sa main sur l'épaule d'Anselme.

– Maintenant, tu sais. Viens, allons-nous-en.

– Où vas-tu m'emmener cette fois-ci ?

– Ça ne dépendra que de toi. C'est ce que j'appellerai "le bonus" et tu n'es pas obligé d'accepter.

– Tu ne m'as pas spécialement mis le couteau sous la gorge jusque-là !

– Je sais, mais ce que je te propose de faire à présent, c'est un voyage dans le futur où tu pourras voir concrètement ce qu'est devenue la mentalité dans cent soixante-dix ans d'ici.

– Pourquoi si loin ?

– Parce que nous serons en deux mille cent soixante ...

– Et après ?

– C'est l'époque où ils prennent conscience qu'ils sont allés trop loin avec la technologie ; ça te dit ?

– Pourquoi pas, tu sais très bien que je ne refuserai jamais ce genre d'escapade ; de plus, ça peut être instructif et nous aurons enfin des réponses aux questions que nous nous posions tant…

– Certaines, mais pas toutes !

– Comment ça ?

– Nous nous égarions souvent ; la réalité est toute autre … Croire que l'homme est capable de sagesse quoiqu'il arrive est une erreur. Outre sa curiosité naturelle, il y a beaucoup trop d'éléments qui entrent en ligne de compte. Nous avions imaginé un tas de scénarios, mais nous étions loin de la vérité. Avant toutes choses, je dois t'expliquer quelques détails ; les travaux d'un célèbre professeur du nom de "Kévin Warwick" aux États-Unis d'Amérique, ont commencé dans les années mille neuf cent quatre-vingt-dix. Les premiers résultats ont vu le jour en deux mille vingt et ont engendré une nouvelle ère d'hommes à moitié robotisés. Jusqu'à cette date, il pratiquait toutes ses recherches sur lui-même en se faisant opérer par ses collaborateurs. Son corps était truffé d'implants électroniques connus sous le nom de "nano-robots ". Ils amélioraient considérablement ses capacités physiques et mentales. Pareil à "l'homme qui valait trois milliards" ; tu te souviens de cette série n'est-ce pas ?

Anselme approuva d'un hochement de tête, tandis que Rémy poursuivait.

– Il était capable d'accomplir de véritables prouesses tant sportives que cérébrales ; les résultats étaient tout simplement ahurissants. Bien entendu, ce qui devait arriver, arriva. Dans un premier temps, la médecine s'en empara pour soigner les personnes handicapées, car cela constituait une révolution technologique. Les gens coincés sur un fauteuil roulant ont retrouvé la capacité de marcher, les tétraplégiques ont pu parler à nouveau en plus de s'être relevés ; les non-voyants ont retrouvé la vue, mais peu à peu, c'est devenu au fil des années un véritable commerce jusqu'à cette période fatidique où tout le monde pouvait se faire greffer un implant sans avoir besoin d'être handicapé. Certains voulaient améliorer leurs capacités mentales pour calculer plus vite qu'un ordinateur, d'autres voulaient pouvoir enregistrer des données informatiques directement dans leur cerveau ; d'autres encore ont voulu devenir plus forts physiquement si l'on peut dire, et j'en passe.

– Hallucinant, s'écria Anselme stupéfait, qui, pareil à un élève de sixième, écoutait attentivement les paroles de son ami retrouvé !

– Il n'y avait ni fil, ni accumulateurs dans ces implants, de ce fait cela ne paraissait pas effrayant pour les candidats. Mais le retour de manivelle ne s'est pas fait attendre. Il y a eu rapidement des accidents vasculaires cérébraux. C'était devenu complètement fou ; un véritable "chaos humain". Beaucoup perdaient la raison.

– Il y a de quoi, affirma Anselme horrifié.

– Fort heureusement, il y a eu deux catégories d'hommes grâce à toi.

– Grâce à moi ?

– Oui, dans quelque temps tu écriras un livre sur lequel tu feras part de ton expérience et de ta vision de l'humanité. Tu expliqueras qu'il ne sert à rien d'utiliser la technologie pour améliorer nos capacités parce que nous en sommes déjà capables, en puisant dans ces quatre-vingt-dix pour cent de notre potentiel cérébral inutilisé. Tu démontreras que l'homme a de tout temps voulu tout contrôler, ce qui laisse sous-entendre une certaine peur de vivre, et quelque part, un refus d'évoluer. Tu expliqueras aussi que la technologie doit nous faciliter la vie pour certaines tâches rébarbatives à la rigueur, mais ne doit en aucun cas nous remplacer. De même, tu développeras ce que tu sais sur le chromosome "X" et "Z". Mais malgré cela, tu ne réussiras pas à ouvrir les yeux à tout le monde. D'où l'apparition de ces personnes à moitié robotisées qui ne jurent que par le progrès électronique. Il est certain que les résultats sont plus rapides, mais ce ne sont que des implants, des "rajouts" ; ça ne vient pas de l'homme lui-même. C'est une forme d'assistance. En d'autres termes. Si un nano-robot ne fonctionne plus pour une raison ou une autre, le porteur redevient inéluctablement ce qu'il était avant l'opération. Tandis que ceux qui auront développé leur potentiel resteront maîtres d'eux-mêmes ; ils ne dépendront de rien d'autre que de leur propre cerveau. Tous les progrès qu'ils auront faits seront acquis.

– C'est vrai que tout cela reflète mon état d'esprit, dit Anselme complètement bluffé. Mais je vais devoir rêver deux journées tout entières pour voir tout ça !

– Cela ne fait même pas dix minutes que tu rêves.

– Seulement ?

– Alors que décides-tu, fit Rémy, devenu "guide intemporel" le temps d'une nuit ?

– On y va ! Mais pourquoi me montres-tu tout ça, si je ne dois me rappeler de rien à mon réveil, insista-t-il à nouveau ?

– Si cela te déplaît, je peux te laisser à ton rêve initial et m'en aller !

– Bien sûr que non ; je te suis … Caractère de cochon, ajouta Anselme en pensée !

– J'ai entendu !

– Pas grave ; c'est une vérité !

Rémy appréciait beaucoup son franc-parler ; ou plutôt son "franc pensé" en l'occurrence. Le trajet dura aussi longtemps qu'un simple passage d'une pièce à l'autre dans une maison.

– Nous sommes déjà arrivés ?

  Chez qui sommes-nous ?

– Nous sommes chez Monsieur et Madame Dumont. Je les ai choisis parce qu'ils représentent parfaitement ceux qui t'ont fait confiance et j'ai été tout autant étonné que tu vas l'être. Maintenant, tais-toi, écoute et observe !

– Oui Monsieur !

Rémy le regarda l'air amusé. Tous deux se tenaient debout dans le salon de la maison de cette famille composée de deux enfants et leurs parents. Il était dix-sept heures trente…

– Bonjour maman, comment se fait-il que tu sois déjà rentré du travail?

– J'ai demandé à rentrer plus tôt pour passer un peu plus de temps avec toi. Comment va ton cancer aujourd'hui ?

À cet instant, Anselme fut effaré. Il regarda Rémy, les yeux pleins de questions. Le "guide" mit simplement son doigt devant la bouche, accompagné d'un regard indicateur.

« Chuuut … écoute bien ! »

– Les boutons sont tous partis et je n'ai presque plus de fièvre, ne t'en fais pas !

– As-tu eu recours à ton médicament ?

– Non, je ne l'ai pas pris, mais je ne m'en faisais pas parce que je savais que ça passerait…

– Tu es bien le fils de ton père toi, reprit la maman inquiète ! Écoute-moi bien, continua-t-elle en regardant l'enfant dans les yeux ; même si aujourd'hui cette maladie n'est plus considérée comme mortelle, il y a tout de même deux pour cent des personnes atteintes qui en meurent toujours aujourd'hui, alors tu me permettras de me faire un peu de soucis lorsque le médecin te diagnostique un cancer.

– Oui maman, moi aussi je t'aime !

– Hors de ma vue ; va faire tes devoirs dans ta chambre !

– J'y vais tout de suite. Voilà papa qui atterrit ; je vais lui dire que tout va bien et je monte.

Anselme n'en croyait pas ses yeux, ni ses oreilles.

– Est-ce que j'ai bien entendu, demanda-t-il en se tournant en direction de Rémy ?

– Oui, tes oreilles ne te jouent aucun mauvais tour. Pour eux, ça fait plus de quarante années qu'ils ont intégré peu à peu ta façon de penser dans leur mode de vie. La génération précédente en parlait, et celle-ci l'a mis en application. Bien entendu, le jeune garçon n'a pas eu besoin de musique pour guérir, car comme tu le disais, tout à l'heure, la musique n'est qu'une possibilité parmi d'autres, mais à l'époque où nous sommes, ça fait parti des mœurs. C'est ancré dans les esprits, ils connaissent le "processus de surchauffe" du cancer, tout comme ils savent qu'une plaie se referme ou qu'une angine se soigne sur environ deux semaines. Les deux pour cent des personnes atteintes de cette maladie qui en meurent, sont des gens qui sont mal dans leurs vies. C'est un peu comme l'effet placebo... Les quatre-vingt-dix-huit autres se débarrassent d'un cancer comme d'un simple rhume !

– C'est fabuleux ; en va-t-il de même pour les autres maladies que nous considérons graves ?

– C'est effectivement le cas pour un grand nombre, parce qu'ils ont découvert que notre mental avait là une grande part de responsabilité.

– Tu veux parler de notre qualité de vie, du travail, du stress … etc …?

– Oui, mais pas seulement. Je te parle "d'état mental" ; il s'agit de l'état d'esprit dans lequel vous êtes en ce début de vingt et unième siècle et cela depuis longtemps d'ailleurs. Il faut savoir que l'homme développe entre dix et cent cancers par jour en fonction des journées plus ou moins stressantes. Tous sont systématiquement détruits par ses défenses naturelles, mais selon que la journée ou la période soit un tant soit peu néfaste, le système s'affaiblit. De plus, le cancer se fixera en des endroits bien précis en fonction du problème qui pollue ta vie. Par exemple pour les femmes, le plus répandu est le cancer du sein qui découle en général d'un problème dans leur enfance. Et là, je ne parle que du cancer, mais le principe est le même pour toutes les maladies. De mon vivant, je n'ai jamais entendu parler de virus du cancer, ou d'Alzheimer traînant dans l'air. On le développe, ou on le développe pas c'est tout ! Et le fait d'exploiter leurs capacités comme ils le font représente une véritable révolution. Avec une meilleure hygiène de vie, personnelle, familiale, professionnelle, entre autres, l'homme renouvelle plus facilement ses cellules souches. Il suffit d'un peu d'entraînement physique et mental. C'est l'évidence : si tu ne t'entraînes pas, tu n'obtiens rien. Il en va de même pour les neurones, si on ne s'en sert pas, ils meurent. Mais, il ne tient qu'à l'homme de les entretenir et de les régénérer. Bien entendu, cela n'est qu'un facteur parmi de nombreux autres. Les problèmes personnels ou familiaux ont un rôle tout aussi important.

– Et il aura fallu cent soixante-dix ans pour en arriver là, s'étonna Anselme !

– Eh oui mon ami ; combien de siècles a-t-il fallu pour vivre comme vous vivez à votre époque ?

Anselme valida d'un discret mouvement de tête.

–Une marche après l'autre Anselme, c'est ainsi que fonctionnent les hommes ! Le peu que j'ai vécu m'a permis de me rendre compte que pour la plupart d'entre nous, nous ne vivions essentiellement que pour "réussir quelque chose" dans la vie. Je veux parler d'une entreprise par exemple, ou du "super boulot" qui rapporte beaucoup d'argent. Tout est voué à l'argent. Mais, en dehors de quelques exceptions, penses-tu que les milliardaires sont vraiment heureux ?

Car une fois que tu as tout ce que tu veux, que reste-t-il après, si tu ne sais pas vivre pour autre chose que pour tes biens ? Beaucoup de "friqués" perdent certaines valeurs, car ils s'aperçoivent avec le temps que tout le monde a son prix ; nous ne sommes que des êtres humains …

Mais cela n'est qu'une raison parmi tant d'autres. Il sera établi plus tard que nous et nous seuls sommes le principal facteur déclenchant.

– Comment ça ?

– Tout est psychologique. Nous avons toutes les maladies en nous ; nous avons le pouvoir de les déclencher et bien entendu, si on peut les provoquer, on peut naturellement les stopper. Un peu comme une machine que tu actionnerais en appuyant sur "On " et inversement en appuyant sur "Off ". C'est aussi simple que ça !

Mais il faudra beaucoup de temps pour que cette "forme-pensée" s'ancre définitivement dans les esprits. Les aspirations de l'homme évoluent en fonction des conséquences de ses propres erreurs …

– Le principal est que nous en prenions conscience un jour, ponctua Anselme ; d'ailleurs, on voit de plus en plus de cas où des personnes se sortent miraculeusement d'une maladie ou d'une situation périlleuse qui les oblige à puiser des forces au plus profond d'eux-mêmes, sans en connaître l'existence et encore moins le fonctionnement.

– C'est ce qu'on appelle l'instinct de survie, reprit Rémy. Et c'est à force de voir des cas dits «exceptionnels» que les mentalités vont peu à peu changer. Il va y en avoir un dans sept ans, à l'époque à laquelle tu vis.

– Donc, en deux mille vingt ; et quel est-il ?

– Il s'agit d'un randonneur qui partira seul de chez lui en décembre deux mille dix-neuf. Mais un éboulement de neige va l'ensevelir entièrement. Parti pour un après-midi seulement, il ne rentrera chez lui qu'en février deux mille vingt !

– Comment a-t-il fait ?

– Inconsciemment, son corps s'est légèrement refroidi, son cœur a ralenti jusqu'à un battement par heure …

– Un peu comme quand on est dans le coma ?

– Oui, mais dans ce cas précis, on pourrait plutôt parler d'hibernation …

– Attends une seconde … Hibernation ?

– Oui Anselme, c'est ce que j'ai dit !

– Alors, ils l'ont déjà mis en pratique à cette époque ?

– Non pas encore, ça arrivera beaucoup plus tard. Je peux continuer sans que tu ne m'interrompes toutes les deux minutes?

– La mort ne t'a pas enlevé ton caractère !

Poursuis, je ne te coupe plus.

– C'est donc à la fonte des neiges qu'il a repris peu à peu ses esprits et a fini par se relever, certes affaibli, mais pas suffisamment pour ne plus pouvoir bouger. Il est retourné chez lui sans avoir conscience qu'il s'était écoulé plus de deux mois !

– Bon sang, deux mois, pensa Anselme médusé !

– Je te laisse imaginer les nombreuses réactions que cette histoire a suscitées. Déjà, pour la famille qui le croyait mort, mais aussi les médecins qui eux, auront peine à y croire ; et pourtant, ils seront dans l'incapacité de prouver le contraire. Ils iront même jusqu'à mettre sa parole en doute en le soupçonnant d'avoir passé l'hiver au chaud quelque part avec un complice. Mais comment expliquer l'estomac vide ? On se rendra compte plus tard que dans sa bibliothèque se trouve un livre écrit de la main d'un certain Anselme Leroy …

– Le livre que je vais écrire ?

– Oui exactement ! Tu seras tellement explicite et convaincant que de nombreuses personnes telles que cet homme déclencheront en elles des ressources endormies, sans même s'en rendre compte. C'est à cette date que l'humanité commencera à vouloir puiser dans ces nouvelles capacités qui sont en nous, sans pour autant y parvenir de suite, mais comme on le dit, la machine sera en marche !

– Tiens, il dit « Nous », comme s'il était toujours vivant…observa malgré lui Anselme.

Je suis entièrement d'accord avec ça, continua-t-il. J'ai toujours pensé que nous ne nous connaissions pas.

– J'ai entendu …

– Quoi ?

– J'ai entendu ta pensée ; au même titre que ton étonnement au sujet des deux mois passés dans le froid.

– Ah oui, c'est vrai ! Hé bien je …

– Rassure-toi, ce n'est rien ; tu te sentiras toujours comme un homme après ta mort, mais tu auras le sentiment d'être meilleur, c'est tout. Enfin, à peu près tout …

Anselme ne dit mot et resta "blême" quelques instants.

– Ça va, rassura Rémy le voyant ainsi gêné !

– Non, je ne pensais pas à ça ; tu viens d'ouvrir une porte chez moi…Du moins, je crois ! Tu ne l'avais pas vu venir celle-là hein ?

– Non, je te l'avoue ; je n'ai même pas cherché à le voir d'ailleurs. Bien, fermons cette parenthèse et continuons si tu le veux bien.

– Je t'en prie Rémy, poursuis.

– Tu disais que nous ne nous connaissions pas et tu as tout à fait raison. Les générations qui précèdent celle de l'époque où nous sommes, se sont pris des claques magistrales, et peu à peu ils sont revenus à des valeurs dites "d'autrefois" tout en continuant de vivre avec la technologie qui n'a pas cessé d'évoluer. En revanche, eux aussi ont évolué dans le bon sens si l'on peut dire, car l'évolution reste la même et continuera son chemin envers et contre tout ; c'est ce que nous en faisons qui la rend bonne ou mauvaise. Par exemple, cette famille que nous avons visitée est beaucoup plus évoluée que vous en deux mille treize. Ils ont tous développé au moins une capacité ou une faculté si tu préfères. La mère communique souvent avec le père par télépathie ; le jeune garçon développe son aptitude de voir des évènements qui vont se produire dans un futur proche, et la fille de trois ans son aînée commence à maîtriser sa télékinésie. Pourtant, ils n'exploitent qu'entre quinze et vingt pour cent de leurs potentiels. C'est ce que disent les études faites dans cette période. De plus, leur espérance de vie se situe entre cent vingt et cent quarante ans ! Ce qui n'est pas toujours le cas chez les "nano-robotisés ". Et tout cela constitue autant de points qui vont peu à peu faire basculer la tendance. À présent veux-tu voir ce que deviennent ceux qui ne t'ont pas pris au sérieux ?

– Maintenant que j'ai vu ça, plutôt deux fois qu'une !

– Et tu seras servi …! À cette époque les spécialistes en neurosciences tels que Jeff Hawkins aux États-Unis ou Alain Cardon en France sont largement dépassés depuis longtemps, et le premier "être" doté d'une forme de conscience robotique appelée "Pléo" qui revêtait l'apparence d'un mignon petit dinosaure créé par Monsieur Caleb-Chang, est relégué au rang d'antiquité. Tous trois œuvraient dans les années deux mille. Ces chercheurs avaient fini par percer les mystères du néocortex qui comme tu le sais, est épais de deux millimètres et constitué de six couches successives et distinctes situées sur la partie externe du cerveau. Pour arriver à leurs fins, ils ont dû décrypter et transcrire en codes informatiques tous les mécanismes de la pensée humaine. À la réussite de leur projet, les applications ont été multiples. On pouvait explorer les fonds marins encore inconnus, ou d'autres planètes en y envoyant ces êtres dotés d'intelligence artificielle, donc capables de prendre seuls des décisions. Mais un jour, tout est parti en vrille. Ils partageaient avec ces machines une conscience qui est à la base le propre de l'homme. Très vite, ces robots ont eu peu à peu des sentiments, des envies, des exigences et des coups de gueule ; au final, ils ont fini par devenir incontrôlables tout comme l'homme … En fin de compte, au bout de presque un siècle d'évolution en la matière, ceux qui ne juraient que par l'électronique ont finalement voulu se robotiser eux même pour mieux contrôler. C'est en tout cas, ce qu'ils pensaient …

– Tu es prêt ?

– Je ne te lâche pas d'une semelle !

Tout aussi rapidement, ils se retrouvèrent de l'autre côté de la ville chez les "Martin", une famille qui n'envisage pas de vivre sans l'électronique et les implants …

Le père bricole dans le jardin, il construit une cabane pour son jeune fils de sept ans qui n'a aucun implant, car la déontologie impose aux parents de laisser le choix aux enfants ; et en dehors de quelques médecins peu scrupuleux, on ne met aucun implant sur un enfant de moins de seize ans qui est devenu l'âge adulte à cette époque. À la grande stupéfaction d'Anselme, le père soulève et porte des fardeaux de planches de plus de deux cent cinquante kilos pièce. Soudain, il s'arrête de travailler et se met la main sur la tête, comme pour empêcher quelque chose d'en sortir. À cet instant, il se plie en deux de douleur, reste au sol et se concentre pareil au "penseur" de Rodin. Il vient de recevoir un message écrit tel un ordinateur sur deux pattes, explique Rémy, et le visualise sur la rétine de son œil droit, qui a subi une opération, comme un téléspectateur devant son écran. De plus, son "Super-œil" a la possibilité de voir distinctement à une distance de trois kilomètres !

– Extraordinaire, ponctua Anselme, témoin privilégié de cette scène inédite !

Pendant ce temps, la mère, sortie faire quelques achats, arrive en marchant à plus de soixante-dix kilomètre-heure grâce aux implants dans ses jambes. À l'approche de la maison, elle ouvre la porte à distance, et met quelques appareils en marche.

Anselme est sidéré ; il a l'impression d'assister au tournage d'un film de science-fiction.

Mais, elle supporte mal ses opérations et ce jour-là, elle se met à court-circuiter quelques instants dans la cuisine sous les yeux apeurés de sa sœur, laquelle a utilisé un moyen de locomotion plus conventionnel pour venir lui rendre visite ; elle ne peut qu'assister impuissante à ce spectacle désolant ; elle qui n'a jamais été adepte de cette forme de progrès.

– C'est à peine croyable, dit Anselme en regardant Rémy avec inquiétude. J'ai du mal à croire que notre corps puisse supporter tout ça, même si je sais que nous pouvons nous étonner nous même quelquefois. Mais par-dessus tout, comment peut-on tomber aussi bas?

– C'est à la portée de tous le monde, tu sais ; l'ignorance n'est pas une option installée au montage, elle est universelle et tout le monde peut y accéder.

– Un peu comme la connerie !

– Très drôle le rapprochement …

– Et la terre…J'ose à peine te demander ce que devient la terre avec tous ces changements qui s'opèrent !

– Tu veux parler des continents, du climat …?

– Oui exactement ; on entend beaucoup parler du réchauffement climatique en ce moment, et je voudrais voir comment tout cela a évolué.

– En ce qui concerne les continents, ils n'ont pas beaucoup bougé à cette époque, mais j'ai effectivement vu des changements de paysages; plutôt radicaux d'ailleurs. Tu veux aller y jeter un œil ?

– Tant qu'à faire, répondit Anselme en tentant de masquer son excitation ; ça me changera de ces gens farcis d'implants électroniques !

Tous deux se mirent alors à décoller et à survoler le paysage en direction des côtes, tel Superman dans son footing matinal aérien. Peut-être pourrait-on appeler cela "l'aéroting matinal". Anselme vit les montagnes, les villes, les rivières défiler à toute vitesse comme s'il eut été dans un avion.

– Tu es sur que je ne me rappellerai d'absolument rien ?

– Sûr et certain. Tu auras l'information, mais à l'état inconscient, bien rangée dans l'un des tiroirs de ton âme.

– Dans l'un des tiroirs de mon âme ? J'aurai plutôt parlé des tiroirs de mon cerveau …

– Le cerveau n'est qu'un support, un organe ; faut-il que je te l'enseigne? C'est notre âme qui emmagasine les informations non un bout de viande, lequel suit à tous les coups le même chemin que le corps lorsque nous avons émis notre dernier souffle…

– Bien sur ; alors, je m'emploierai à faire la poussière un de ces quatre, plaisanta-t-il !

– C'est tout à fait possible, si tu t'y mets ; mais prends garde que de vieux souvenirs désagréables ne ressurgissent pas par la même occasion.

– Je n'avais pas pensé à ce détail.

– Je sais, et c'est bien pour ça que je te le dis.

– Mais si nous sommes capables de tant de choses, nous pouvons également contrôler ce phénomène …

– Tu es une tête de mule Anselme ! Que tu le veuilles ou non, tu es comme toutes les personnes qui t'entourent, même si tu as l'esprit un peu plus ouvert. Tu n'es pas entraîné pour ça. C'est comme toutes choses qui méritent une attention particulière. Si tu n'as pas l'habitude de pratiquer, tu peux facilement t'égarer et ne plus savoir où tu en es.

– Au moins quand tu étais vivant, tu n'avais pas réponse à tout !

– C'est normal, je faisais partie du commun des mortels. Mais pour peu que tu montres patte blanche lors de ta mort, quelques privilèges te sont accordés.

– C'est-à-dire ? Comment ? Par qui ?

– Du calme ! Ça veut dire que nous avons toujours ce que nous méritons ; nous nous préparons nous même notre mort, comme la retraite pour laquelle nous cotisons…Mais celle-là est un peu plus singulière, car c'est celle de la vie. Peu avant ma mort, je m'amusais déjà à me promener comme je le fais présentement avec toi. Mais j'avais fait un choix dont je ne peux te parler aujourd'hui et en y réfléchissant, je l'avais fait depuis déjà longtemps.

– Plus clair, c'est possible, ou je vais devoir me contenter de ça ?

– Contente-t'en et regarde en bas. Ça ne te dira peut-être pas grand-chose au premier coup d'œil, mais si tu regardes bien, il y a du changement.

– Dans quel coin sommes-nous ?

– Nous avons volé en direction du sud-est. Nous arrivons au dessus de l'endroit où se trouvait jadis la côte d'Azur.

– Quoi ! Mais elle est où ?

– Elle n'existe pratiquement plus ! Seuls quelques atolls subsistent. L'eau est montée de trente à quarante mètres et a englouti la majeure partie des villes et des villages qui étaient situés le long des rivages et des plages.

– Tu savais tout ça n'est-ce pas ?

– J'ai eu tout le temps nécessaire ! Mais ce sera là notre dernière escapade, car je t'en ai déjà trop montré.

– Pourquoi ça ? Au contraire, fit Anselme tel un enfant découvrant le monde ; en plus, je ne me le rappellerai pas alors …

– Oui, mais ça ne rentre pas dans le cadre de ta vie terrestre ; en d'autres termes, avec la meilleure des volontés, tu ne le vivras jamais.

– Je crois que je comprends ce que tu veux dire. Mais avant de repartir, j'ai une dernière faveur ; permets-moi de le regarder encore un moment, c'est vraiment impressionnant. En pensant que j'ai foulé les rues de quelques-unes de ces villes et de ne voir plus que quelques toitures d'immeubles, me fait froid dans le dos. Que sont devenus les gens qui habitaient là ?

– D'après ce que j'ai pu voir, ils ont tous été sauvés à l'exception de quelques-uns qui ont voulu rester envers et contre tout. La montée des eaux s'est étalée sur près de cinquante ans. Ils ont donc eu le temps de voir venir. Ça n'a pas été comme un tsunami dévastateur.

– Et cette longue ligne grise qui fait surface à certains endroits, je présume que c'est l'autoroute qui rallie l'Espagne à l'Italie, n'est-ce pas ?

– Oui, ça m'en a tout l'air.

– On pourrait encore rouler dessus sur ce tronçon que l'on voit ici.

– Oui, mais si tu arrivais là bas par exemple, poursuivit Rémy en pointant du doigt un lac d'où émergeaient quelques sommets d'immeubles, tu te retrouverais sous l'eau ! Cela dit, ils y ont remédié d'une certaine façon… tiens, en voilà justement une qui arrive …

– Quoi donc ?

– Regarde … Légèrement sur ta gauche, vers le ciel …

– Rassure-moi sur un point ; ça rentre dans le cadre de ma vie terrestre?

Rémy sembla être quelque peu en difficulté pour répondre.

– Oui et non … Tu en connaitras peut-être les prémices. Regarde, sinon tu vas la manquer.

Anselme vit quelque chose voler au loin. Cela se rapprochait en émettant un bruit à peine perceptible ; certes pas aussi vite qu'un avion, ni aussi gros, mais il n'arrivait pas à définir ce que c'était. Lorsque l'engin fut à environ cent mètres de distance, il commença à deviner la forme de l'objet volant.

« Mais, qu'est-ce que c'est ce truc ? » pensa-t-il. « Non, c'est pas vrai … On dirait … »

Rémy le regardait en esquissant un sourire…

– Mais, c'est…c'est une voiture, s'exclama vivement Anselme !

– Pas tout à fait, reprit Rémy ; c'est une " Aéroture "!

– Une quoi ?

– Une A-É-R-O-T-U-R-E !

– Ils auraient pu lui attribuer un autre nom que celui-là !

– Ils sont allés au plus logique, une voiture circule sur des voies terrestres et une Aéroture dans les airs !

– "Lapalisse" n'aurait pas fait mieux. Mais pourtant, elles ont toujours des roues ?

– Rien ne t'échappe Anselme. Pour autant que je sache, les ayant observées de près durant de longs moments, ce sont des voitures et des aérotures tout-en-un. Les roues ont été conservées pour pouvoir rouler, car au début, ne volait pas qui voulait, c'était réglementé… Ils n'ont pas le droit de voler au dessus de trois cents mètres et il y a un nouveau permis à passer. L'autre aspect de cette aéroture est géogra-phique… Seuls, les gens qui étaient à proximité des endroits inondés pouvaient prétendre en acheter une ; mais, ils doivent les contrôler de moins en moins, car j'en vois toujours plus lorsque je viens dans cette moitié de siècle. Il faut reconnaître qu'elles sont très simples et très pratiques d'utilisation ; j'en ai vu plusieurs se garer sur des parkings, et je dois dire que c'est assez surprenant ; il n'y a plus besoin d'espace pour manœuvrer, les gens montent dans leur aéroture, ferment la portière et s'envolent à la verticale, puis à l'horizontale ! Le tout avec une lenteur à rendre jaloux les concepteurs des derniers cris en matière d'O.V.N.I. sur les autres planètes !

– Mais, pourquoi ont-ils créé ces engins ?

Ils pouvaient tout aussi bien utiliser des bateaux pour les endroits inondés et les bonnes vielles voitures sur les routes restantes, car il en reste encore beaucoup tout de même.

– Depuis deux mille trente, il n'y a plus de pétrole et les constructeurs de voitures on du se concerter sur ce nouveau mode de transport et de déplacement. Alors, ils ont commencé par développer les voitures électriques dans le monde entier. Ils ont d'abord mis au point des modèles équipés de batteries auto-rechargeables, via des panneaux solaires photovoltaïques placés sur leurs toits et dotés d'un système amplifiant l'action des rayons du soleil. Au début, seuls les gens aisés pouvaient se les offrir mais les constructeurs ont fait un formidable coup de poker en les produisant à des millions d'exemplaires, et elles sont devenues par conséquent moins chères. Plus tard, tout le monde ne voulait pas déménager des lieux situés à proximité des villes englouties entièrement ou partiellement, et sachant que la montée des eaux avait atteint sa limite, ils ont créé les premières aérotures qui ont eu le même succès que les voitures.

– Comment volent-elles ?

– Il y a deux ailerons stabilisateurs que tu as vus au dessous, qui se déploient et elles sont munies de six minis propulseurs équipés d'un un système de fonctionnement électrique. Il y en a un à chaque angle du véhicule et deux à l'arrière ; de plus, il est possible de contrôler la puissance qu'ils développent avec un régulateur incorporé. Le système a mis presque tout un siècle pour se perfectionner. Dans les premières années de leur fabrication, on en voyait surtout aux alentours des villes inondées comme Londres, Shanghai, Bangkok ou encore New- York pour ne citer que l'étranger. Ensuite ça s'est étendu jusque chez nous où les constructeurs français, allemands, espagnols et italiens, s'y sont mis.

– Attends une minute… Pourquoi dis-tu que le niveau de l'eau a atteint son maximum, il n'y a donc plus de glaciers sur la planète à cette époque ?

– Il en reste encore un peu, mais il fait trop doux… Le permafrost, ou si tu préfères le méthane (gaz à effet de serre) qui était piégé dans les grandes étendues de glace depuis des millions d'années, se libérait au fur et à mesure qu'elles fondaient, accélérant donc le réchauffement.

– C'est un cercle vicieux !

– Tout à fait, acquiesça Rémy. Le pôle Nord est devenu une vaste étendue de terre entourée entièrement d'eau bien liquide et l'Himalaya qui possède pourtant les plus haut sommets du monde, n'est pour ainsi dire plus enneigée et n'a donc plus son grand glacier d'autrefois. Mais le plus désastreux, c'est l'Amazonie …

– Il n'y a jamais eu de glace là-bas, s'étonna Anselme.

– Non, mais aujourd'hui, c'est un désert aride, alors que c'était l'endroit le plus humide de la planète …

– Comment une telle région a pu perdre son humidité ?

– Les arbres ; toute la végétation n'a plus fait son travail avec l'oxygène qu'elle absorbait. Et puisqu'on y est, dans sept milliards d'années, la terre n'existera plus parce qu'elle aura été brûlée par le soleil qui sera à ce moment-là seize fois plus gros, et deux cents fois plus chaud.

– On voyage davantage mort que vif, plaisanta Anselme ! Tu es allé jusqu'à cette époque ?

– Non, dit Rémy en souriant, j'ai vu ça dans un documentaire à la télé chez des gens que je suis allé visiter dernièrement pour les observer !

– Sacré farceur, fit Anselme un peu pensif !

– Que t'arrive-t-il ?

– Alors, c'est donc ça qui nous attend !

– Pas toi, mais tes enfants et petits-enfants le vivront…Viens, il faut s'en aller maintenant.

– Encore un détail si tu me le permets…Si tu pouvais faire autant de choses lorsque tu étais en vie, pourquoi ne pas l'avoir appliqué sur toi?

– Nous en reparlerons …

Il s'arrêta un instant, puis reprit.

– Combien étiez-vous à mon enterrement ?

– Je dois reconnaître que nous n'étions pas nombreux.

– Vous étiez quatre !

– Je suis désolé Rémy, je m'en veux de t'avoir posé cette question.

– Il ne faut pas… Rentrons à présent ; tu vas devoir te réveiller dans peu de temps.

– Te reverrai-je ?

– Bien assez tôt mon ami.

Anselme voulut lui faire une accolade amicale pour lui signifier tout ce qu'il ressentait à ce moment-là, mais ne fit que brasser de l'air.

– Je ne comprends pas, comment as-tu pu me prendre par la main tout à l'heure ?

– Ce n'est pas toi en chair et en os qui est avec moi, mais ton énergie, ou ton esprit si tu le comprends mieux ainsi. Au début tu aurais pu, car nous étions dans ton rêve, mais nous en sommes quelque peu sortis et à partir de là, il faut un peu de pratique.

– C'est-à-dire ?

– Disons que c'est devenu mon rêve vers la fin ; tu étais sur mon territoire !

– Comme si …

– Chut, tais-toi !

Anselme regarda fixement Rémy,

– Alors à bientôt, c'est ça ?

– Oui Anselme … À bientôt.

L'ambiance était intense, presque palpable, tant l'amitié qu'on lisait dans leurs yeux était grande. Les instants qu'il rêvait lui paraissaient tellement réels. Il aurait tant voulu les garder en souvenirs, mais « Ainsi va la mort » lui dirait certainement Rémy. Anselme se vit soudain s'éloigner peu à peu de Rémy qui lui faisait un signe de la main.

– « Au revoir », chuchota-t-il.

Anselme avait déjà entamé le sommeil paradoxal et allait sortir lentement de son rêve.

7

Telle une expédition...

Pendant ce temps dans la voiture de Grégory, Sofia et Constance passent le temps en discutant de tout et de rien tout à la fois, moments ponctués par quelques interventions de Greg.

– Comment se fait-il que nous ayons reçu vos invitations, questionna Sofia ?

– Si j'ai bien compris le petit mot accroché, il s'agit de personnes qui connaissent très bien Anselme. Il leur avait rendu service, il y a des années en arrière. Aujourd'hui, ils veulent lui rendre la monnaie de sa pièce, mais en restant discrets sur le fond. Je ne me suis pas posé de questions, car je connais la personne qui a écrit le message.

– C'est assez inhabituel, vous ne trouvez pas ?

– Oui, mais ça ne m'étonne pas. Après son accident, il s'est retrouvé dans la même situation qu'eux et s'est beaucoup investi dans la musique.

– Ça a dû être un choc pour vous ?

– Hô, ça oui ! Lui qui adore faire des balades, marcher, aller nager dans le lac à dix kilomètres de Saint-Just, il se retrouvait tout à coup coincé dans un fauteuil roulant pendant pratiquement trois ans en compagnie de tous ceux qu'il soignait. Je peux te dire que le choc qui m'a éprouvée n'était pas le sien ! Il s'est écoulé entre trois et quatre mois avant qu'il ne se ressaisisse et décide d'aller de l'avant.

– Entre trois et quatre mois seulement ! Beaucoup de gens à qui arrive un tel accident, mettent souvent des années à se remettre du choc et à reprendre goût à la vie.

– Tu as raison, confirma Constance ; mais depuis que je vis avec lui, beaucoup de choses qui me paraissaient évidentes avant, ne le sont plus du tout aujourd'hui. Pour un homme comme lui, trois à quatre mois à déprimer c'est beaucoup ! Cependant, si on y regarde d'un peu plus près, j'admets qu'il s'est très vite remis.

– Mais, il était vraiment handicapé ?

– Que veux-tu dire par là ?

– Pardonnez-moi, je suis maladroite. J'ai simplement voulu dire que peu de personnes réussissent à s'en relever.

– Oui, j'en suis parfaitement consciente et je sais que j'ai beaucoup de chance de l'avoir rencontré.

– Je n'en doute pas. Je dirai même que si cela n'était pas arrivé, je n'aurais jamais rencontré Greg, n'est-ce pas mon amour, conclut-elle en mettant sa main sur son visage.

– Ok chérie, qu'est ce que tu veux, plaisanta Greg ?

Connaissant son fils, Constance comprit très bien la plaisanterie, mais le réprimanda gentiment,

– Hô mon fils ! Allons, je ne t'ai pas élevé comme ça !

– Et bien tant pis, je maintiens quand même ce que j'ai dit !

Constance remarqua le changement de son fils jadis turbulent. Elle voyait aujourd'hui un père responsable, amoureux et fier de son enfant. Cette nouvelle personnalité plus équilibrée, détendue réussissait parfaitement à faire oublier les heurts du passé.

Les deux femmes se lancèrent un regard amusé et continuèrent de plus belle leur discussion.

– Comme je te l'ai déjà dit, Anselme est quelqu'un qui croit en son destin et surtout en lui. Il est d'une génération ou l'on parle sans arrêt de "Dieu", mais il fait davantage confiance en ses propres capacités, qu'en celle du grand sage à barbe blanche comme il dit !

Sofia eut un moment d'étonnement. Entendre parler Constance ainsi, lui permettait d'envisager une belle-mère "facile d'accès", avec qui l'on peut être à l'aise dans des discussions constructives.

– Oui, excuse-moi Sofia, je me laisse un peu aller !

– Ne vous formalisez pas pour ça. À l'inverse de mes parents, je ne suis pas du tout branchée religion.

– C'est ce qui m'a semblé en les écoutant parler. Puisque nous en parlons, ils doivent nous rejoindre après-demain, n'est-ce pas ?

– Oui ; ils seraient bien venus avec nous, mais mon père à entamé un travail sur la toiture de leur maison qu'il ne pouvait pas le laisser inachevé. De plus, ils ont déjà une piscine dans le jardin !

Sofia présenta cela le plus sérieusement du monde, laissant ainsi transparaître son côté "pince-sans-rire " qui n'était pas pour déplaire à son entourage.

Cela faisait un peu plus de deux heures et demie qu'ils roulaient. Constance proposa un arrêt pour se détendre les jambes. Sofia prit son portable pour en faire-part à Véronique.

La sonnerie du téléphone de Véronique réglée au maximum, imitant à la perfection le décollage d'un Boeing 707, réveilla dès le premier retentissement Anselme et les deux enfants.

– « Merde, le vibreur ! », pensa-t-elle.

Confuse, elle s'excusa et prépara quelques monnaies pour acheter des boissons chaudes et éventuellement de quoi grignoter. Les deux voitures s'arrêtèrent bientôt sur une aire autoroutière. Arrivé sur une place de parking, tout le monde descendit et commença par s'étirer. Comme il n'était pas tout à fait onze heures, Sébastien, proposa de faire une courte pause pour en faire une deuxième plus longue, lorsqu'ils s'arrêteraient pour déjeuner. Tout le monde accepta. Ils se dirigèrent vers l'entrée et allèrent directement aux toilettes en se fixant rendez-vous au bar qui se trouve dans la grande boutique de la station-service. La besogne terminée, ils passèrent commande et allèrent s'asseoir autour de l'une des tables mises à disposition.

– Les enfants, asseyez-vous, fit fermement Sofia, telle une maîtresse d'école !

– Il n'a pas trop ronflé, demanda Constance à Sébastien en désignant Anselme d'un léger mouvement de tête ?

– Pas le moins du monde, assura-t-il ! Mais, je n'avais jamais remarqué que papa souriait pendant son sommeil !

– Entre nous, moi non plus, il devait rêver de quelque chose de drôle !

Constance resta pensive quelques instants. Elle eut soudain le souvenir d'une nuit où elle regardait son bien-aimé dormir en souriant et… en discutant à haute voix avec une personne connue semblait-il.

– Je ne m'en souviens même pas, reprit Anselme.

Soudain, la voix d'une dame retentit dans la boutique.

– Rémy !

Anselme se retourna brusquement en direction de la voix.

– Ne t'éloigne pas, reprit la dame qui s'adressait à son jeune enfant !

Un peu intrigué, il revint à sa tasse de café.

– Tout va bien chéri, s'alarma Constance ?

– Oui ma chérie, ça va ; je suis seulement en train de me réveiller…

– Combien nous reste-t-il à rouler, demanda Véronique à son époux ?

– Entre cinq et six heures.

– Nous ferions mieux de ne pas trop tarder, continua Sébastien.

– Tu as raison, reprit Constance. Finissons nos tasses et allons-y. Il ne faudrait pas que nous soyons en retard.

– En retard pour quoi, demanda innocemment Anselme ?

– Tu n'en rates pas une toi !

– Il a déjà essayé une première fois tout à l'heure, lorsque nous sommes partis, souligna Véronique !

– Tu as osé !

– Bon ! Allez les enfants, finissez vos verres et partons, conclut Anselme d'un air taquin.

Cinq minutes plus tard, tout le monde rembarqua dans les voitures et reprit la route. Les enfants se rendormirent rapidement. Fatiguée, Constance se laissa aller à son tour. Sans savoir pourquoi, Anselme essaya d'en faire autant, mais en vain.

– Tu n'arrives pas à te rendormir papa, demanda Sébastien ?

– Non, mais ne t'inquiètes pas pour moi ; occupe-toi plutôt de la route, rétorqua-t-il. Anselme paraissait préoccupé.

Sébastien le remarqua, et préféra adopter le silence.

– Et toi mon ange, tu ne veux pas dormir un peu ? Tu n'as pas fermé l'œil depuis que nous nous sommes levés ce matin. Tu as deux bonnes heures devant toi !

– Je vais t'écouter mon cœur, à tout à l'heure.

– Dors bien ; je te réveillerai quand nous arriverons.

À son tour, elle s'installa confortablement et s'endormit comme une masse.

Anselme ne disait rien et regardait le paysage défiler. En s'approchant d'une sortie d'autoroute, il voyait au loin un panneau publicitaire. Il ne distinguait pas encore le contenu, mais il ne pouvait pas le lâcher du regard. Au fur et à mesure qu'il grossissait, il put voir deux énormes yeux à l'intérieur desquels un texte ventait les mérites d'une marque de lunettes ; Les yeux prenaient toute la place. À cet instant, ce fut comme si tout son passé lui revenait subitement à la figure. C'était Rémy… C'étaient ses yeux. C'était toute l'histoire … Mais les "signes" ne s'arrêtèrent pas là. Un peu plus tard, il vit l'enseigne de ce qui semblait être une boite de nuit. Là, était représentée une silhouette noire sur un fond de lumière éclatante. Il s'efforçait de ne pas y prêter attention, mais c'était plus fort que lui, il n'en décollait pas ses yeux. Qu'est-ce que tout cela pouvait bien signifier ? Était-ce le fruit de son imagination ou une conspiration peu ordinaire ; les questions se bousculaient dans son esprit et il commençait sérieusement à envisager l'impensable.

Encore plus tard, les deux voitures doublaient un convoi de cinq minibus apparemment accompagnés d'autres voitures qui semblaient faire partie du convoi. Là encore, un détail le frappa. À bord de plusieurs de ces véhicules, se trouvaient des fauteuils roulants pliés et bien rangés à l'arrière. Tout cela devenait de plus en plus troublant et Sébastien remarquait le visage de son père se décomposer au fil des kilomètres.

– Ça va papa, lui demanda-t-il un peu inquiet ?
– Je n'en sais rien ; je crois que certains fantômes me hantent.
– Si tu le désires, nous pouvons en discuter.
– Je t'en parlerai un jour, mais pas aujourd'hui. Je préfère rester dans mes pensées pour le moment. Tu ne le prends pas mal, n'est-ce pas ?
– Non, rassure-toi, il m'en faut davantage.
– Mais, ne t'inquiète pas outre mesure, il n'y a rien de grave. Fais une bonne route fiston et emmène-nous à bon port.
– Pas de problèmes, papa.

Pendant ce temps, dans l'autre voiture, Grégory commençait à présenter quelques signes de fatigue.

– Tu ne veux pas t'arrêter et me donner le volant, lui demanda Sofia ?
– Si ça devient nécessaire, tu conduiras, mais pour le moment ça va aller.

Sofia savait très bien que même fatigué, il se régalait de conduire. Elle n'insista point, mais entreprit de lui faire la conversation pour l'aider à ne pas flancher. Elle était cependant rassurée par le fait qu'il était suffisamment responsable pour lui laisser le volant si cela devenait trop dur de continuer.

« Le meilleur miroir ne reflète pas l'autre côté des choses. »
Anaïs Nin

8

« Re-passé »

L'heure du repas avait déjà sonné depuis plus d'une heure. La pendule du tableau de bord affichait treize heures quarante, tandis qu'une autre aire autoroutière était annoncée à deux kilomètres. Sur le panneau indicateur était inscrit entre autres services, le mot "RESTAURANT". Cette fois-ci, personne ne prit la peine de se consulter ; les deux voitures y allèrent directement. Tout le monde se dirigea vers le snack et s'installa autour d'une table. Anselme ne disait rien ; il paraissait toujours préoccupé. Constance le remarqua, mais ne chercha pas à en savoir davantage ; elle décida de le surveiller simplement du coin de l'œil. Tout le monde évoquait différents sujets de conversation, comme ils le faisaient à chaque fois qu'ils avaient l'occasion de se retrouver lors d'un repas de famille. Mais Anselme était toujours aussi absent. Ne souhaitant pas jouer les trouble-fêtes, il écoutait des bribes de conversations pour tenter de s'y mêler, mais il n'avait pas l'esprit à la "communication". Il entendit soudain la conversation entre Grégory et Sofia…

– Avec cette promotion nos ennuis sont terminés ma chérie. En plus, on sera près de la mer, sur la Côte d'Azur ; ce sera génial pour Gérémi…

Anselme ne se contrôla pas et eut une vive réaction. Il se leva de moitié, les deux mains sur la table et s'écria,

– Surtout, ne faites pas ça !

La manière qu'il eut de dire cela, refroidit tout élan de réponse pendant un court instant.

– Mais papa, qu'est-ce qui te prend ?

Anselme réagissait très rarement de la sorte et ne sut quoi répondre. Confus, il mit sa main devant la bouche comme pour empêcher d'autres mots d'en sortir.

– Excusez-moi. Je ne sais pas ce qu'il m'a pris.

Il se rassit et se renferma dans son silence.

Les seules occasions où Constance l'avait vu aussi anxieux remontaient à l'époque de son handicap. Elle voulait en savoir plus, mais préféra renoncer et reporter à plus tard. Tout le monde autour de la table était quelque peu choqué de cette intervention aussi brutale qu'inattendue. Ils ne savaient plus quoi dire pour détendre l'atmosphère. Anselme le remarqua et s'apprêta à les rassurer quand soudain, une voix grave, criarde, mais pourtant féminine, se fit entendre dans tout le restaurant.

– Je te presse le nez, il coule du lait !

Il s'agissait d'une "femme-routier" qui s'adressait à un jeune chauffeur ; elle habitait Saint-Just avec son mari. Seules les personnes sourdes et aveugles n'avaient pas remarqué sa présence dans le village.

Pareil à une lionne protégeant ses lionceaux, Anselme prit la parole.

– Surtout, ne vous retournez pas et continuez de manger comme si de rien n'était !

Constance ne put s'empêcher de pouffer. Grégory et Sébastien en avaient entendu parler ; Sofia et Véronique cherchaient à comprendre et les enfants n'en avaient pas grand-chose à faire.

– Explique-leur, fit Constance.

– Tu crois vraiment que ça en vaut la peine, répondit-il amusé ?

– Ça nous fera passer un bon moment, tu ne crois pas !

– Oui, tu as raison … Vous connaissez Yannick, le fils de Bernard ? Grégory et Sébastien répondirent tous deux par l'affirmative.

– Pas vous, vous avez grandi ensemble ! Bien, pour vous les filles, je parle du fils de notre voisin qui est routier ; le week-end, il gare son camion sur le grand parking, qui se trouve en bas de Saint-Just. Vous l'avez peut-être remarqué en partant ?

– Sofia acquiesça de la tête en se tournant vers Véronique qui en fit autant.

– À côté de son camion s'en garent deux autres qui appartiennent à Inès et Rocco, un couple de chauffeurs routiers arrivés au village depuis trois ans. Un dimanche, alors que nous les avions invités à boire l'apéritif à la maison, Yannick nous a raconté une histoire à mourir de rire ! Il faut savoir qu'il n'est pas homme à se mettre en colère facilement et pourtant, croyez-moi, il y a apparemment des claques qui se sont perdues ! Ça faisait deux mois qu'ils étaient arrivés à Saint-

Just. Sur le parking, elle se permettait déjà de vouloir, d'exiger et accessoirement, elle vous envoyait sur les roses, si vous ne faisiez pas ce qu'elle demandait, alors que Yannick, s'y garait depuis plus de sept années. Vous avez remarqué la petite haie buissonneuse qui sépare le parking de la route principale, n'est-ce pas ?

Tous hochèrent la tête et attendaient la suite avec impatience.
– Se garer le long de ces buissons, constitue un gage de sécurité pour d'éventuelles visites nocturnes. Je parle de vol de gas-oil pour ne citer qu'un exemple. Yannick leur laissait souvent ces places, mais un jour, il n'a pas eu envie de calculer quoi que ce soit ; il s'est directement garé le long des buissons, donc le long de la route. Et voilà que le lendemain, elle le coince et le lui fait remarquer gentiment en lui disant,
– Tu as pris ma place !
– Bien évidemment, il ne s'attendait pas du tout à ça. Mais, c'est pas fini ! De fil en aiguille, il lui a demandé pourquoi elle voulait se garer à tout prix à cette place et pas à une autre. Elle lui a répondu le plus naturellement du monde qu'elle trouvait les buissons très jolis ! Il avait très bien compris qu'à cet endroit, le camion était à la vue de tout le monde, donc moins susceptible d'être visité. Il voyait bien qu'elle ne voulait pas partager.

Mais il n'est pas complètement niais. Quand elle s'est rendu compte que le coup des jolis buissons n'était pas apprécié à sa juste valeur, elle a invoqué un tas de raisons plus abracadabrantes les unes que les autres. Il a même fini par se demander s'il y avait le mot "imbécile" gravé sur son front !

Yannick ne la croyait pas capable d'invoquer une excuse en "bois" comme celle-là pour une simple place de parking ; d'ailleurs, il est tombé de tellement haut, qu'il en est resté muet ! Après, il y en a eu beaucoup d'autres, mais depuis, son surnom a facilement été trouvé !

À ce moment-là, hilare, Anselme reprit,
– Les enfants, permettez-moi de vous présenter "Joli-Buisson" !

Tout le monde ricanait discrètement, mais le cœur y était. Déconcertée par ce qu'elle entendait, Sofia voulut en savoir davantage…
– Quel âge a-t-elle ? J'ai un peu de mal à le définir d'ici ; elle doit sûrement être jeune et arrogante.
– C'est vrai qu'aujourd'hui à plus de cinquante ans, on est encore jeune!

– Plus de cinquante ans ! Et son mari ne dit rien, fit-elle étonnée?
– Les gens qui habitent à proximité d'un volcan ne cherchent pas à le dompter, ils vivent avec …
– C'est joliment dit, reprit Sofia, mais ne peut-il pas mettre un peu d'eau sur le feu ?
– Je te retourne le compliment ! Il le pourrait probablement, mais je doute que passer sa vie à jouer les pompiers des incendies conjugaux, soit une vie épanouissante et reposante ; que veux-tu, le perfection-nisme n'existerait pas si nous étions tous parfaits ! Par ailleurs, Yannick reconnait volontiers qu'il n'a pas eu les bonnes réactions de son côté. Il m'avait expliqué qu'à ce moment-là, il n'était pas dans son assiette ; et c'est vrai que je le connais beaucoup plus réactif dans ces cas là. Mais la vie nous oblige à nous remettre sans cesse en question dès que l'on cherche vraiment à en comprendre les épreuves, qui se présentent toujours à l'heure. Et Yannick est de cette trempe. Par la suite, il m'avait confié en rigolant qu'il lui aurait probablement parlé de sa préférence pour les gravillons du parking nettement plus arrondis du côté des jolis buissons, donc beaucoup moins agressifs pour les pneumatiques de son camion ; ou encore de l'ombre du grand arbre sous lequel ils se garent …
– Et alors, reprit Véronique, qu'est-ce que ça fait ?
– Le toit de sa remorque est une longue bâche plastifiée, qui peut éventuellement se ramollir sous l'effet d'une grande chaleur continue, et trainer sur la route …
– C'est vrai ?
Anselme sourit.
– Bien sur que non, mais ça vaut bien une histoire naturelle de buissons, tu ne crois pas ?
Amusée, Constance ajouta,
– Reconnais que sans elle, tu ne te serais pas détendu aussi rapide-ment!
– Il faudra dire à Yannick que pour une fois sa présence nous aura été bénéfique !

Le repas se termina dans une bonne ambiance et dura finale-ment un peu plus d'une heure et demie.

C'est à quinze heures trente que tout le monde se dirigea vers les voitures. Il leur restait encore un peu moins de trois heures de trajet.

« La vie est faite d'illusions. Parmi ces illusions,
certaines réussissent. Ce sont elles qui constituent la réalité. »
Jacques Audiberti

9

« Press-nez »

Une demi-heure s'est écoulée depuis leur départ du restaurant. Après avoir avalé une bonne et grosse entrecôte accompagnée de frites bien grasses, Anselme se sentait ballonné et s'endormit à nouveau. Très vite, il repartit dans des rêves aussi fantastiques que surréalistes. Cette fois-ci, il n'eut besoin de personne pour retourner à "Méribell". Ainsi, il put se voir lui-même à l'époque où il y travaillait. Il avait cinquante-deux ans et tout le monde y était.

Mais, l'ambiance était différente. Tous dans la clinique donnaient l'impression de craindre quelqu'un. Transperçant le silence habituel du lieu, des voix arrivaient de toutes parts et résonnaient dans le vaste bâtiment …

– Attention, planquez-vous, il arrive !

Mais, qu'avaient-ils donc ?

Il décida à son tour d'arpenter les couloirs afin de comprendre ce qui pouvait autant les effrayer. Sylvestre, qui n'avait habituellement pas sa langue dans sa poche, se faisait tout petit. Le docteur de la clinique qui ne reculait jamais devant quoi que ce soit, n'en menait pas large. De plus, il faisait un froid de canard dans l'établissement. Anselme continua sa prospection ; alors qu'il arrivait au début d'un long couloir, il vit tout au bout une forme bizarre, habillée d'une blouse blanche avec de longs cheveux roux. Il hésita un instant à avancer. Cette forme étrange ressemblait à un homme par sa démarche, mais son visage semblait avoir été maintenu dans un étau pendant plusieurs jours. Au fur et à mesure qu'il s'en rapprochait, ses pas ralentissaient et devenaient hésitants. Qui cela pouvait-il être ? Une infirmière ou un infirmier ? Pas possible ! De par son apparence, même de loin, il ou elle aurait effrayé les malades. Il décida donc de s'arrêter sur place et de lui parler.

– Bonjour ! Qui êtes-vous … ? Vous cherchez quelque chose ?

La forme continuait de s'approcher doucement sans rien dire.

– Vous m'entendez ? Que cherchez-vous ?

Le faible éclairage l'empêchait de distinguer précisément ce qu'il voyait. Il commençait lentement à rebrousser chemin, tandis que "ça" continuait sa progression. Lorsque la chose arriva à moins de dix mètres de lui, elle s'arrêta et lui dit d'une voix proche de celle d'ET l'extraterrestre en tirant sa langue de serpent,

– « SSSSSS … Qui es-tu ? »

Anselme eut une réaction d'effroi, recula de trois pas, et répondit,

– Je travaille ici, je suis infirmier et vous ?

Soudain, la chose courut en sa direction, les deux bras en avant tel un sprinter voulant battre son propre record ; à cet instant, il se rendit compte que ce qui arrivait vers lui à toute allure n'était ni plus ni moins qu'une femme avec une gueule de T-Rex et toutes les dents qui le caractérisent. De longs cheveux roux descendaient jusqu'à la taille et une queue remuait derrière elle. Une langue de serpent sortait et rentrait régulièrement de sa grande gueule ; dans sa course, l'animal répétait sans cesse quelque chose pour le moins étrange dans cette circonstance qui l'était tout autant …

« SSSSSS … Reste où tu es, je vais presser ton nez ! »

Anselme ne comprit rien du tout. Affolé, il prit ses jambes à son cou et se mit à courir pour échapper au monstre.

« Mais, qu'est-ce que c'est ? »

Il essaya d'ouvrir des portes de chambres pour se réfugier. La cinquième fut la bonne. Il entra, referma derrière lui et prit le temps de respirer une minute, tandis que la "Femme-Rex" continuait de courir en donnant l'impression de s'être greffée une altère de cinq cents kilos à chaque pied en criant,

« SSSSSS … Arrête-toi, je vais presser ton nez ! » Soudain, alors qu'il reprenait sa respiration, il entendit une voix d'homme,

– Anselme ! Il se retourna brusquement. Quoi, qui est là ?

– Rémy ! ?

– Mais qu'est-ce que tu fais ici ?

– J'ai eu un accident, je ne peux plus bouger et tu me soignes ! Tu m'as l'air pressé, que t'arrive-t-il ?

– Pressé … ? C'est le mot juste. J'ai été à deux doigts de l'être !

– Dis donc ; toi quand tu rêves, tu n'y vas pas avec le dos de la cuillère dans l'imaginaire !

– Que veux-tu dire ?

– Tu ne crois pas que tu as poussé un peu loin en lui faisant avoir une gueule de T-Rex ?

– Oui ; hé bien, imagination ou pas, cette chose était à mes trousses et voulait me presser le nez !

– Et alors, ce n'est pas bien grave.

– Ben voyons ; regarde-la à moins d'un mètre et tu comprendras!

– Pour ça, il faudrait qu'elle entre dans cette chambre et je viens de l'entendre passer, tu ne risques donc plus rien.

– C'est vrai, je l'ai entendue aussi ; mais elle pourrait très bien faire demi-tour et entrer ici.

– Si elle t'avait vu entrer dans cette chambre, ne crois-tu pas qu'elle y serait venue directement ?

– Tu as sans doute raison …

– T'inquiète donc plus, tu es en sécurité ici.

Pendant ce temps, le gentil monstre aux dents longues continuait sa balade et pourchassait toutes les personnes qu'il voyait… « SSSSSSS … Je vais presser ton nez, je vais presser ton nez ! »

Telle une réunion de militaires dans une base assiégée, tout le monde se regroupa dans le jardin devant le bâtiment pour trouver une solution au problème "T-Rex, presseur de nez".

Ainsi, Victor qui était dan son fauteuil roulant, proposa à l'assemblée de tous s'y mettre afin de régler ça une bonne fois pour toutes. Le docteur Tibert, responsable de la clinique, était présent et chercha à les rassurer.

– Elle ne veut que votre lait, c'est pour cela qu'elle cherche sans arrêt à vous presser le nez. Ce n'est pas bien méchant !

Sans trop savoir comment Anselme et Rémy se trouvaient là eux aussi. Anselme portait sa blouse blanche et Rémy était dans son lit. Cela ne l'empêchait pas de communiquer avec les autres à voix haute à l'exception d'Anselme, car tout était pareil à son souvenir à l'exception du T-Rex, qui était le fruit de son imagination fantasmagorique provoquée par la conversation qu'il avait eue avec sa famille au sujet de "Joli-Buisson".

Damien qui avait toujours le mot pour rire, s'exclama :

– Prenons notre temps, ne soyons pas "Pressés", parce- qu'il ne faut pas se manquer avec elle, elle n'est vraiment pas commode quand elle s'y met, elle serre la vis… "Elle visse Presse-nez " !

Anselme proposa d'y envoyer son chien Drakkar, mais Sylvestre lui spécifia qu'il risquerait de se faire presser le museau et devrait alors lui donner son lait. Jean suggéra de lui tendre un piège avec un filet. Odilon, ancien policier, émit l'idée de le flinguer pure-ment et simplement. Jérôme pensa remplir une énorme marmite de lait pour l'y noyer.

Pendant ce temps, dans les couloirs, on pouvait entendre la chose crier : « Revenez, je veux presser votre nez ! »

– Alors, continua Bertrand, nous devons nous décider à présent !

– Calmez-vous, reprit le docteur Tibert. Il y a pire que cela comme problème.

– Ah oui, reprit Florent ; j'aimerais vous y voir vous, avec un T-Rex en blouse blanche qui vous court derrière pour vous presser le nez !

– Inoffensif ou pas, y en a marre, affirma Hugues !

Soudain, la chose ouvrit d'un seul geste les deux grandes portes d'entrée qui donnent sur le jardin et hurla de sa grande gueule,

– « SSSSSS… Je vais presser vos nez ! »

Tout le monde fut pris de panique et se mit à courir dans tous les sens en se protégeant le nez, lorsque tout à coup une nuit noire s'installa brutalement …

– Papa…Papa ! Réveille-toi, on est arrivé.

Anselme se réveilla en sursaut.

– Non, pas le nez !

– Papa, tu étais en train de rêver, n'est-ce pas ?

Anselme mit quelques instants à retrouver ses repères.

– Oui et quel rêve, répondit-il en reprenant doucement ses esprits !

– Pourquoi as-tu mis la main sur ton nez ! Ça sentait mauvais ?

– Ça aussi, je te l'expliquerai ça plus tard, lui répondit-il en souriant …

« Le réel ne va ni ne vient puisqu'il ne demeure jamais le même. »
Lao-Tseu

10

Je veille sur toi ...

– Quelle heure est-il, reprit Anselme ?
– Dix-neuf heures trente papa.
– C'est ici que vous avez réservé ?
– On peut le dire comme ça.

Anselme fut quelque peu étonné de la réponse de son fils, mais ne releva pas. Le plus important dans l'immédiat était de poser les affaires dans les chambres, de souffler un peu pour ensuite aller manger dans le restaurant de l'hôtel et passer une bonne nuit de sommeil. Situé à proximité du parc "Disneyland", le cadre était charmant. Leurs fenêtres respectives donnaient sur un immense espace verdoyant, calme et fleuri telle une grande prairie citadine avec en son centre, un magnifique jardin japonais traversé par une petite rivière artificielle, par-dessus laquelle étaient construits deux merveilleux petits ponts de bois dans le même esprit. Le tout était parsemé de bonzaïs, de plantes et autres fleurs toutes aussi asiatiques les unes que les autres. La famille était installée dans trois chambres contigües. Sébastien, Véronique, Kévin et Angel dans la première, Grégory, Sofia et Gérémi dans la deuxième, et Anselme et constance dans la troisième. C'est à vingt-trois heures que tout le monde se retrouva devant les chambres pour se souhaiter bonne nuit. Tous étaient très fatigués du voyage et s'endormirent rapidement à l'exception d'Anselme qui tenait une forme olympique. Il décida de ne pas se coucher immédiatement et dit à constance qui commençait à s'endormir, qu'il préférait faire un tour dans le grand parc. La température extérieure était agréable pour un soir d'hiver ; il opta pour une simple petite laine, sortit de la réception et marcha droit devant lui en direction du "mini-Japon" à trois minutes de marche de l'hôtel. Non loin des deux petits ponts se trouvaient quelques bancs disposés de façon à pouvoir observer une large partie du paysage ; il s'y dirigeât et s'assit sur l'un d'eux. C'était un endroit serein, calme et discrètement illuminé. Anselme se sentait en parfaite harmonie avec ce petit coin de paradis. Tandis qu'il se délassait de tout son long sur les traverses en bois du banc, il entendit un bruit de feuillage derrière lui. Loin d'être inquiet, il se retourna par simple curiosité, ne vit rien de spécial, et replongeât aussitôt dans sa méditation. Deux minutes s'écoulèrent avant que le feuillage ne vienne le distraire à nouveau. Il se tourna une deuxième fois, se persuadant que cela devait être l'œuvre du vent. Il observa la pointe des arbres ainsi que les autres feuillages aux alentours ; pas de vent, rien, c'était le calme plat. Ce satané vent était-il doté d'une âme et d'un esprit farceur ! Au moment où, un peu soucieux, il décida de reprendre sa position initiale, il vit le feuillage remuer une troisième fois. À cet instant, ses yeux ne s'en décollèrent plus. Il pensa à l'un de ses deux fils, Grégory ou Sébastien qui auraient été tout à fait capables de lui faire une blague de cet acabit. Mais à leurs âges ! S'efforçant de relativiser autant qu'il le pouvait, il tenta de trouver une explication. Que pouvait-il bien se passer avec ce feuillage capricieux qui, de tous ceux qui étaient plantés là, était le seul à remuer.

– Il y a quelqu'un, s'hasarda-t-il prudemment ?

Sébastien… Grégory …

Aucune réponse ne lui vint en retour. Il ne pouvait quitter le buisson des yeux, mais décida tout de même de revenir à sa position initiale au bout de quelques instants, en pensant : si le "tueur de minuit" rode derrière moi en cherchant une nouvelle victime, alors ainsi soit-il ! Mais en tout état de cause, personne désormais ne lui enlèverait ce moment privilégié qu'il avait décidé de s'octroyer sur ce banc. De plus, il avait l'âme en paix. S'il y avait eu un danger, il l'aurait probablement ressenti et n'aurait pas agi de la sorte. Ainsi, il apprécia à sa juste valeur la demi-heure qui suivit sans se soucier du buisson agité.

Il se mit à penser à ce voyage auquel ils étaient tous deux conviés.

Quel était le but ? Pourquoi autant de mystère ? Ont-ils pensé à lui faire rencontrer le "Dalaï-lama" ?

Peu probable, lui qui parle du patron des chrétiens en termes de "Grand Sage à Barbe-Blanche" ! Il pensa à ce que lui avait répondu Sébastien au sujet de la réservation. Pourquoi lui avait-il dit « On peut le dire comme ça » quand il lui avait demandé s'ils avaient réservé à cet endroit… Il eut soudain une illumination. Il y avait quelqu'un d'autre, quelqu'un dont on lui cachait soigneusement l'identité. Mais qui ! Ne trouvant point de réponse à cette question, il se leva, se tourna à nouveau vers le buisson, « Au revoir trouble-fête » et se dirigeât tranquillement vers l'hôtel. Comme pour lui dire au revoir, le buisson frémit une dernière fois …

– Je t'ai dis « Au-revoir » il me semble, fit Anselme sur de lui et sans se retourner !

Arrivé dans la chambre, il enfila son pyjama, s'allongeât et ferma les yeux. Au moment où il commençait à s'endormir, un bruit sourd retentit sous les draps. Il leva les yeux au plafond en soupirant et dit à sa douce qui venait de lui lâcher une perle de bienvenue accompagnée de la bonne odeur qui faisait généralement partie du pack.

– Bonne nuit à toi aussi ma chérie !

Cela avait le don de l'exaspérer au plus haut point. Non que ça ne lui arrive jamais ; il est comme tout le monde, mais il y avait droit sans arrêt alors qu'il faisait lui-même des efforts sur ce point. Pire encore ; il avait l'exclusivité de ce traitement de faveur.

Le lendemain matin, le réveil retentit de toutes ses cloches à sept heures trente, Constance se réveilla la première et lui apposa un baiser sur le front. Alors qu'il avait eu un peu de mal à s'endormir suite au délicat arôme de "cir-Constance", il tourna la tête en direction de son aimée, lui décrocha un sourire en la fixant droit dans les yeux et péta à son tour avec une telle puissance, que le bruit se fit entendre dans tout l'étage ! Pour le coup, elle fut vexée et le bouda en se dirigeant vers la salle de bains. Anselme, resta allongé quinze minutes de mieux, affichant un air de satisfaction comme s'il venait de gagner à la loterie nationale. N'étant pas encore allée aux toilettes, tant l'odeur qui régnait dans la chambre était nauséabonde, Constance ne mit pas plus de cinq minutes pour se préparer et descendre prendre son petit-déjeuner. Tout le monde devait s'y retrouver à huit heures trente. L'ambiance fut quelque peu tendue. Véronique tenta de presser le pas pour les enfants qui bien évidemment, mourraient d'impatience d'aller dans le parc "Disneyland". N'en n'étant pas logés loin, ils décidèrent d'emprunter un moyen de transport public qui les conduisit sur place en moins de cinq minutes. Tout le monde remarqua la tension entre Constance et Anselme. De la fierté, qu'il avait pu ressentir un peu plus tôt en trouvant le lit, Anselme se sentait maintenant gêné d'avoir réagit de la sorte. Dans ces cas là, il était pour le moins que l'on puisse dire très maladroit. Partant du principe, qu'elle connaît les sentiments qu'il éprouve pour elle, il préférait laisser couler un peu d'eau sous les ponts avant de dire quoique ce soit pour crever l'abcès et régler le problème, en se disant qu'elle finirait bien par parler. De son côté, Constance pensait qu'il exagérait et lui reprochait de ne plus faire systémati-quement le premier pas pour renouer le dialogue. Ainsi, cela pouvait durer quelques fois une journée, voire deux, avant que la situation se débloque. Sébastien, qui avait entendu comme presque tout le reste de l'hôtel, ce qui s'était passé aux alentours de huit heures, tenta une manœuvre inopinée pour détendre l'atmosphère. Sachant qu'ils s'étaient rencontrés dans un restaurant italien, il avait une idée derrière la tête et se rapprocha de sa mère.

– Aujourd'hui, on va rendre tout le monde heureux ! Les petits vont s'amuser au parc et on à prévu de manger italien ce midi. Il parait que leur carbonara est encore meilleure que celle de son créateur !

Elle sourit, mais affichait toujours sa contrariété.

– Ne t'inquiète pas, ça ne durera pas ! Merci mon fils.

– C'est à cause du tremblement de terre de magnitude quinze de tout à l'heure, demanda Sébastien, sur le ton de la plaisanterie ?

Anselme entendit la remarque et tenta en vain de retenir un éclat de rire, qu'il essaya de masquer en toussotant. Constance était franchement amusée de cette situation ridicule, mais elle ne voulait pas lâcher le morceau. Pour Sébastien, ce fut un fiasco. Lorsque le bus arriva non loin de l'entrée du parc, les enfants étaient survoltés, les grands-parents se faisaient une gueule de dix mètres de long et le "reste de la bande" ne pipait pas mot, mais s'amusait en réalité de voir ce vieux couple sensé avoir acquis l'âge de la sagesse, s'ignorer tels de jeunes mariés, après leur première dispute. À vrai dire, l'ambiance était tendue certes, mais pas lourde. En dehors des enfants qui n'y prêtaient pas plus d'attention qu'à la guerre de "trente-neuf quarante", les adultes quant à eux, étaient secrètement hilares !

« Tel est l'esprit humain, même en voyage : il occupe
à chaque instant tout l'espace dont il dispose. »
Jean Paulhan

11

Providence

Ils gagnèrent l'entrée et optèrent pour la "formule à la journée". Ainsi, ils pouvaient aller dans toutes les attractions autant qu'ils le voulaient. Tout était à volonté, en dehors de la restauration. À neuf heures vingt du matin, Anselme avait envie d'un autre café. En entendant cela, les bambins firent la moue ; ils n'avaient qu'une seule hâte, "aller sur les manèges". Aussi, les trois femmes proposèrent d'accompagner les enfants aux attractions, tandis que les hommes boiraient leur café, en se fixant rendez-vous au "Space Mountain 2" environ une demi-heure plus tard. Après avoir essayé en vain de raisonner leur père, les trois hommes rejoignirent l'attraction où embarquaient leurs femmes et leurs enfants, qui avaient attendu tout ce temps pour pouvoir embarquer, tant la foule était dense. Ils firent un signe de loin et décidèrent de s'immiscer dans la file d'attente. Ils furent chanceux de n'avoir qu'une quinzaine de personnes devant eux et n'avaient donc pas longtemps à attendre pour monter dans la chenille infernale. Lorsque celle-ci s'arrêta, ils virent parmi les gens qui en descendaient, leurs petites familles respectives dont leurs enfants bondissants, étaient ravis. Sofia et Véronique s'approchèrent pour embrasser leur mari ; Kévin, Angel et Gérémi étaient toujours aussi impatients de continuer leur tour de foire et Constance lança un simple regard à Anselme tel un soldat regardant son ennemi dans le blanc des yeux, armé d'un pistolet à eau. Anselme et ses deux fils embarquèrent à leur tour. Préoccupé par cette situation, qui devenait de plus en plus absurde, il présenta de plates excuses au siège inoccupé qu'il enjamba, situé juste à côté duquel il s'installa. C'était extrêmement rare dans ce manège souvent bondé, qui se présentait sous la forme de petits wagonnets équipés de quatre places, chacune disposée deux par deux.

Ainsi, il se retrouva seul assis derrière Grégory et Sébastien. Alors que le petit train redémarrait tranquillement vers une grande montagne mécanique tumultueuse, Anselme réfléchissait au moyen de rengager la conversation avec Constance. Sur le parcours, il y avait un passage enfoui dans l'obscurité totale. Tout le monde criait à l'exception d'Anselme. Soudain, il entendit une voie d'homme qui semblait venir du siège voisin.

– Quelle traversée, ça secoue !

Il ne répondit pas immédiatement, son esprit vagabondait tellement, qu'il avait complètement oublié que personne n'occupait ce siège.

– Comme vous dites. Il faut s'accrocher, acquiesça poliment Anselme!

– Voilà mon endroit préféré. Agrippez-vous bien, la descente est rude.

– Si seulement cette descente pouvait être l'unique souci de ma journée!

À cet instant, juste avant de sortir de l'obscurité, il entendit la voix d'homme rire, le sermonnant gentiment,

– Ne sois pas aussi têtu Anselme, et parle-lui !

– Pardon, qui est là ?

Ils arrivèrent de nouveau au grand jour ; Anselme regarda le siège vide et commença à se demander s'il n'était pas en train de perdre la raison.

– « C'est pas possible ! Il était là ! J'ai même senti sa présence. Je dois devenir fou ! »

La chenille stoppa sa course folle et s'apprêta à recevoir de nouveaux amateurs de sensations fortes.

Les trois hommes descendirent et rejoignirent femmes et enfants.

– À qui parlais-tu, demanda Grégory ?

– Je ne faisais que penser à haute voix, répondit Anselme ne comprenant pas ce qui lui arrivait.

Cependant, il commençait à ajouter les éléments les uns aux autres. Il se souvint du feuillage dans le jardin devant l'hôtel, de cette mère appelant son fils Rémy dans la boutique de l'aire autoroutière, de ce panneau publicitaire où étaient représentés les gros yeux, et de cette boite de nuit dont le logo représentait une ombre sur un fond lumineux. Tout cela n'avait probablement aucun sens pensa-t-il, mais c'était tout de même troublant. Une idée lui traversa soudain l'esprit, mais il refusa de l'admettre. Les voyants revenir, Kévin suggéra de se diriger

vers la tour infernale ; l'une des nombreuses autres attractions du parc. Comme dans tous les manèges, beaucoup de personnes attendaient. Tout le monde excepté Anselme se mit dans la file d'attente.
– Tu ne viens pas grand-père, lui demanda Angel ?

Il pensait toujours à ce qu'il avait vu et restait plutôt évasif. Là, Constance décida de briser le silence. C'en était trop.
– Écoute, fit-elle énergiquement, que nous ne parlions pas est un fait, mais les enfants n'y sont pour rien, tu pourrais faire un effort pour eux.
– Il ne s'agit pas de ça Constance, je t'expliquerai tout à l'heure, si tu veux. Allez-y, je vais vous attendre ici.

Il s'éloigna un peu en leur tournant le dos. Constance commençait à s'inquiéter de le voir aussi distant et se tourna vers ses deux fils.
– Mis à part ce que vous avez dû entendre ce matin, vous savez ce qu'il a ?
– On pensait que c'était ça, répondit Sébastien.
– Oui, depuis ce matin c'est pas la joie, mais je sens qu'il y a autre chose.
– Tout à l'heure, je l'ai entendu parler quand on était dans le "Space Mountain", précisa Grégory. Sur le moment, j'ai cru qu'il s'adressait à nous, mais il avait l'air de parler avec quelqu'un à côté de lui et j'ai trouvé ça franchement bizarre.
– Pourquoi ?
– Il n'y avait personne à côté de papa !
– Tu es en train de me dire que votre père parlait seul ?
– Apparemment oui !

De plus en plus inquiète, elle regardait son mari, ne sachant pas trop quoi penser de ce brusque changement aux allures mystérieuses. Il semblait chercher quelqu'un et avait l'air d'être seul au monde. Soudain, il regarda au loin avec insistance comme s'il avait aperçu une connaissance. Constance l'observait et cherchait à comprendre. Il n'y avait aucun doute, quelque chose ou quelqu'un attirait son attention. Elle regarda à son tour, mais ne vit rien d'autre que la foule déambulant dans tous les sens. Elle le vit subitement courir à toute vitesse comme pour rattraper un Pic-Pocket.
– Allez-y sans moi, dit-elle en quittant la file d'attente. Elle se mit à le suivre essayant de ne pas le perdre de vue dans cette marée humaine. Que suivait-il ? Personne d'autres qu'Anselme ne courrait.

Arrivé au bout de l'allée, il s'arrêta net, regarda à droite et à gauche et se passa la main sur la tête comme pour se remettre les cheveux en ordre. Constance le rejoignit un peu essoufflée. Arrivée à sa hauteur, elle mit une main sur son épaule. Lui qui ne se laissait pas surprendre facilement sursauta, tel un fugitif fuyant un prédateur.

– Chéri, qu'est-ce que tu as, lui demanda-t-elle surprise et apeurée par son attitude ?

– Je ne sais pas. Depuis deux jours, il se passe des choses étranges.

– Je ne te reconnais plus depuis qu'on est parti de Saint-Just.

– J'ai peur Constance, avoua-t-il, en la prenant dans ses bras !

– Viens, allons dans ce bar et raconte-moi tout.

Le couple s'installa à une table, passa une commande et discuta pendant près de trente minutes, oubliant totalement le reste du monde. Son café terminé, Anselme eut envie de se soulager et descendit aux toilettes. Il n'y avait que lui et les urinoirs. Il se positionna devant l'un d'eux et se soulagea. Il se passa ensuite les mains sous l'eau et se dirigea vers la sortie. Dans ce même temps, un homme, s'étant apparemment trop retenu, descendit en urgence et arriva à toute allure de l'autre côté de la porte. Anselme approcha la main de la poignée et appuya dessus. À cet instant, tout alla très vite. La porte s'ouvrit brusquement et se bloqua à deux centimètres de son nez. Il eut une réaction de recul et la porte, stoppée dans son élan, termina sa course lentement comme retenue par une force invisible, à la surprise des deux hommes.

– Pardon Monsieur, je n'ai pas fait attention, fit l'homme persuadé que cette dernière avait été bloquée par le pied d'Anselme !

– Il n'y a pas de mal, assura-t-il, encore choqué.

Lorsqu'il rejoignit la table, Constance le vit complètement pétrifié.

– Que s'est-il passé ?

– Allons-nous-en d'ici et allons retrouver les autres.

Une certaine lassitude commençait à le gagner. « Qu'est ce que tout ça signifie ? » Chemin faisant, il se repassait la scène en revue et finit par en tirer une conclusion.

« C'est peut-être un fantôme, un esprit qui me suit depuis Saint-Just. Alors, c'est vrai ; ça existe ! Et si c'est ça, quoiqu'il me veuille, ça ne peut pas être néfaste, sinon j'aurai mangé la porte ! Qui que tu sois, je te remercie d'avoir sauvé mon nez ! » À ce moment-là, une idée originale lui traversa l'esprit. « Et si c'était... Oui, c'est ça... Une protection… J'AI UNE PROTECTION ! »

Constance vit un sourire illuminer le visage de son mari, à sa plus grande stupeur, mais aussi à sa plus grande satisfaction.

Pendant ce temps, les enfants en avaient terminé avec la tour infernale et décidèrent de rester devant pour ne pas semer Anselme et Constance.

– Ils sont là, dit Grégory, du haut de son mètre quatre-vingt-treize, tel un périscope de sous-marin.

Ils se retrouvèrent à mi-chemin. Anselme prit les devants et rassura tout le monde par sa réaction. Il s'accroupit à la hauteur de ses trois petits fils, et se comporta en un vrai grand-père.

– Qu'est ce que vous diriez d'aller faire un tour du côté de "l'Aerosmith" ?

– Ouiii !!!!! s'écrièrent les trois bambins.

Personne ne chercha à comprendre les raisons de ce changement radical et le restant de l'après-midi fut agréable pour toute la famille. Les enfants eurent une journée à la hauteur de leur espérance et même davantage ; les deux jeunes couples s'amusèrent comme des enfants et Anselme n'eut plus de visions, ni de ressentis pour la plus grande joie de Constance, qui en plus du restaurant italien qui lui avait rappelé d'excellents souvenirs d'amoureux, oublia cette matinée désastreuse.

« C'est presque toujours, dans une famille, le rêveur qui l'emporte. »

Gabrielle Roy

12

Manoeuvres florentines

Dix-huit heures venaient de sonner et Constance s'inquiéta de la soirée à laquelle ils étaient invités. Elle n'eut aucun mal à convaincre les enfants qui n'avaient pas arrêté de toute la journée, de rentrer à l'hôtel pour se préparer. Ils étaient épuisés et il y avait de fortes chances qu'ils s'endorment pendant la représentation. Constance ne savait pas exactement ce qui les attendait dans cette soirée, mais elle était la seule à en savoir un peu plus que tout le monde.

– Tu veux bien me dire où on va ce soir où c'est encore trop tôt, questionna Anselme dont la curiosité allait en grandissant ?

Elle le regarda en souriant.

– C'est un concert, lâcha-t-elle, avec une pointe de mystère.

Anselme trépignait d'impatience.

– Bon d'accord … De qui ?

– Ça, je n'en sais rien, mais je sais que tu vas aimer !

– Et c'est loin ? Parce qu'il est déjà dix-huit heures !

– Non, c'est à deux pas d'ici …

– Mouais … J'ai compris !

– Alors, ne perdons plus de temps et allons à l'hôtel nous changer !

Anselme aime les surprises, mais ça faisait deux jours qu'on le tenait dans le secret. Ça en était trop ! Tout le monde autour de lui savait ou se doutait fortement de quoi il s'agissait. Il réfléchissait à un moyen si possible subtil de savoir enfin ce qui l'attendait. Il décida donc de se changer en moins de temps qu'il ne faut pour le dire, et rejoignit les autres qui patientaient dans le hall d'accueil.

– Tu as un rendez-vous, plaisanta Constance ?

– J'ai juste envie de manger quelque chose avant de partir ; un sandwich fera très bien l'affaire. À moins que ce ne soit prévu dans votre planning ?

Elle voyait bien qu'il s'agissait là d'une ultime tentative pour en savoir davantage.

– Ne t'en fais pas, on a tout prévu !

– Dans ce cas, je t'attendrai en bas avec les enfants, reprit-il en faisant une bise sur le front de Constance, qui rigolait intérieurement. « Si tu savais, mon chéri ».

Il prit l'ascenseur et arriva dans le grand hall d'entrée. Il se dirigea directement vers l'employé de service qui était là pour recevoir la clientèle.

– Bonsoir Monsieur, lui dit-il en arborant une décontraction calculée.

– Bonsoir Monsieur, lui répondit l'employé esquissant un sourire.

Connaissant son mari "par cœur", Constance avait fait passer le mot aux employés, pourboires à l'appui, de garder le silence sur la soirée, quoiqu'il arrive en les prévenant, qu'il pourrait-être capable de toutes les ruses pour obtenir une info.

– Ce soir, nous sommes de sortie, nous ne mangerons pas ici, mais peut-être, êtes-vous déjà au courant, hasarda Anselme très sérieusement.

– Oui Monsieur, votre femme nous en a fait part ce matin, répondit l'employé, un peu amusé.

« Aïe, pensa Anselme, elle a dû faire le nécessaire ! »

Anselme adopta un air suffisant et s'installa devant le comptoir tel un cow-boy dans un saloon.

– Ce soir, nous allons au concert qui n'est pas loin d'ici, vous savez…

– Ha non Monsieur ; vous m'envoyez désolé, je ne m'intéresse pas plus que ça aux évènements musicaux.

– Comment ça, un jeune homme comme vous ne s'intéresse pas à la musique ?

– Non Monsieur, je n'ai pas dit ça, je dis juste que je ne m'intéresse pas aux évènements musicaux !

« À l'âge que tu as, je ne me serais pas fait prier ! »

Anselme abandonna et rejoignit le groupe en concluant …

– Vous devriez !

Il tenta une dernière fois sa chance avec le portier qui se dirigeait vers l'entrée, et opta cette fois pour un comportement jovial.

– Bonsoir Monsieur, belle soirée n'est-ce pas !

L'employé fixa la porte d'entrée quelques instants.

– Oui, à qui le dites-vous !

Anselme ne se sentit pas l'audace de lui parler du concert et préféra renoncer pour de bon. Se rendant compte qu'il aurait mieux fait de "mener les poules pisser", il s'en retourna et rejoignit les autres.

– Bon courage mon garçon. « Ils se sont tous passé le mot, c'est pas possible ! »

– Merci Monsieur, et bonne soirée, lui répondit l'employé en clignant deux fois des yeux !

En voyant cela, Anselme eut un instant de flottement, puis continua en direction de ses enfants. À cet instant, il entendit la même voix qu'il avait entendue dans le manège à Disneyland…

– « Patience … ! »

Là, tout le monde dans le hall put le voir se retourner sur lui-même, cherchant quelqu'un autour de lui.

– Facile à di… S'apercevant qu'il parlait seul, il s'interrompit.

« Mes pauvres enfants, je crois bien que votre vieux père a définitivement perdu une vis », se dit-il en regardant dans leur direction.

Sébastien et Grégory se regardaient sans rien dire ; c'était la deuxième fois qu'ils le voyaient ainsi et commençaient à se poser des questions sur la santé mentale de leur père.

Lorsque Constance arriva dans le hall, vêtue d'une splendide robe couverte par un magnifique manteau de fourrure, elle vit tout le monde, les yeux braqués sur son mari. «Qu'est ce qu'il a encore fait!»

Anselme sentit le poids des regards peser sur lui. S'il avait pu se plier en quatre pour tenir dans sa poche, il aurait fait très volontiers.

Toute la famille était maintenant réunie et prête à s'en aller.

– Tout va bien, demanda Constance en arrivant à hauteur du groupe ?

– Oui ne t'inquiète pas, dit Anselme gêné, j'ai encore trouvé le moyen de me faire remarquer !

– C'est bien ce qu'il m'a semblé voir !

– Tu es resplendissante ma chérie.

– Merci… C'est que pour toi !

– Vraiment … Alors, laisse-moi prendre une photo et va te changer, plaisanta-t-il ; je n'ai pas envie de me battre pour te garder à mes côtés ce soir !

– Mais, je ne rêve pas, dit Constance charmée, tu viens de me faire un compliment !

Le couple se regardait dans les yeux, tels deux tourtereaux. C'était attendrissant de les voir ainsi ; surtout après cette longue journée d'ignorance mutuelle.

Anselme a ce côté "pince-sans-rire" au même titre que sa belle-fille Sofia qu'il apprécie particulièrement pour cette singularité. Ainsi, il n'hésita pas à passer du coq à l'âne …
– J'ai faim, si on se faisait un P'tit Resto avant !

À cet instant, tout le monde se regarda. Tout était parfait … Sauf le repas ! Ils avaient oublié de "préparer" Anselme, à l'idée qu'ils mangeraient tous au "Burg's–Resto", sur le chemin du stade.

Mais, Constance savait comment y faire, sachant pertinemment qu'Anselme était à ce genre de restauration, ce que la politique est à l'honnêteté. Elle adopta donc, une attitude des plus enjouées pour le lui annoncer.
– Étant donné le peu de temps qu'il nous reste, nous avons décidé de faire plaisir aux enfants, et d'aller manger au "Burg's-Resto", qui se situe sur le trajet du stade, fit-elle en utilisant son arme fatale de séduction amoureusement calculée, «Ne fait pas d'histoires, et dis OUI», ça ne te dérange pas mon chéri ? Le tout accompagné d'un grand sourire.
Sa réaction fut plutôt vive …
– AU BURG'S-RESTO ! Tu sais très bien que ça ne m'a jamais rien dit, autant acheter de la "Mort aux Rats" et en boire une gorgée chacun. Comme ça, on saura exactement de quoi on mourra !
– Anselme ! Fit sèchement Constance, les enfants …!

Il se ressaisit et déclara, tel un pilote de "formule 1" s'apprêtant à concourir dans son bolide équipé d'un pédalier, à la place du moteur :
– Votre grand-mère, heu … votre vieille grand-mère a raison, allons nous régaler d'un "Bon Vieux Burg's", reprit-il ironiquement.
– Tu ne changeras jamais, dit Constance énervée par la situation, tu as soixante-neuf ans ou dix-neuf ?

Malgré les mitraillettes qui dépassaient de ses rétines, il fit "bonne figure" et resta muet jusqu'à l'entrée du restaurant. Les autres membres du groupe ne disaient rien et les enfants savouraient déjà en pensée, leur "Cheese Burg's".

Arrivés sur place, après avoir marché environ dix minutes, ils allèrent s'installer à une table. Pour être certain de ce qu'il mangerait, Anselme proposa d'aller passer lui-même la commande avec ses petits enfants.

– Installez-vous, je m'occupe de tout ! C'est bien là-bas qu'il faut aller, fit-il en pointant le comptoir du doigt ...

– Oui Anselme, fit Véronique qui sentait arriver une catastrophe imminente. Voulez-vous que je vous accompagne, j'ai l'habitude de ces restaurants. Les petits adorent ça alors ...

– Si tu veux ma petite, mais je suis tout à fait capable de commander quelques hamburgers, avec des frites !

– Je n'en doute pas un seul instant Anselme, mais lorsque vous verrez ce que veulent les enfants, vous ne regrettez pas que je sois venue ...

– Certes, alors allons-y.

Constance ne dit mot, mais elle rigolait déjà intérieurement, rien que d'imaginer la tête qu'il ferait quand il verrait concrètement les fameux sandwiches.

Alors qu'Anselme, sa belle-fille et les enfants attendaient leur tour, Constance, ses deux fils et Sofia discutaient.

– Tu crois qu'il réussira à s'en sortir avec tous ces hamburgers, fit Sébastien à sa mère ?

– C'est la première fois qu'il mange dans un Burg's-Resto, ajouta Grégory, je pleins le vendeur ...?

– Ne vous inquiétez pas pour votre père, quand il a faim, il comprend vite et bien !

– Vous en parlez comme d'un vrai morfal, s'étonna Sofia, amusée de les entendre.

– On ne fait que rigoler, reprit Constance, mais il y a tout de même un peu de vrai. Quand il travaillait à la clinique, le repas était l'un des meilleurs moments de la journée, car certains jours étaient très pénibles nerveusement et quand il mangeait, c'était un moment privilégié ; il ne pensait à rien d'autre. Pour couronner le tout, il est fin gourmet. C'est pour ça qu'on s'en amuse, car attendre debout devant le comptoir de la nourriture dont il a horreur, doit être un vrai supplice pour lui. Mais heureusement, qu'il y a les enfants, il est capable de faire d'énormes sacrifices pour eux... Tout comme pour vous mes grands, conclut-elle, en regardant ses fils.

Soudain, le téléphone portable de Sofia retentit. Elle le sortit de son sac et décrocha,

– Allo… Maman... Ça y est, vous êtes arrivés au stade… Oui, je lui pose la question …

– À qui doivent-ils s'adresser à l'entrée du stade ?

– Ils doivent montrer leurs invitations et dire que "Mickael Fournier" est au courant. Et là, normalement, on devrait les conduire directement jusqu'aux places qui nous sont réservées.

Sofia répéta à la lettre les consignes à sa mère, puis raccrocha.

– Ils ne se sentent pas trop perdus, reprit Constance ?

– Non, ils se demandent juste ce qui va se passer ce soir, mais le fait de savoir que c'est en l'honneur d'Anselme, les rassure.

– Dommage que les parents de Véronique n'aient pas pu se libérer, ça nous aurait permis de faire plus ample connaissance.

Pendant ce temps, la personne qui passait sa commande devant Anselme, Véronique et les enfants, hésitait à propos de ses hamburgers et mettait un temps infini à se décider. Alors que le serveur tâchait d'accélérer le mouvement en lui expliquant les ingrédients que contenait le "cheeseburg's" et autres "fishburg's", Anselme commençait sérieusement à s'impatienter.

– Dans celui-ci, c'est du merlot avec des feuilles de salade et des tomates en dessus … Ça vous dit ?

– Humm… Oui… Heu non attendez un instant… En avez-vous avec de la viande épicée ?

– Bien entendu ; nous avons le "Walkertexassaisonné", je vous mets plutôt ça ?

– OUI, VOUS LE LUI METTEZ, fit vivement Anselme, exaspéré !

Tous les regards se braquèrent sur lui ; il comprit à ce moment-là qu'il n'aurait sûrement pas dû se laisser emporter.

– Désolé Madame, fit-il en essayant d'apaiser l'ambiance, mais mes petits enfants meurent de faim !

Véronique n'en croyait pas ses oreilles. Comment avait-il pu oser ?

– Voyons … Anselme … Calmez-vous !

Mais les enfants, eux, approuvaient.

– Oui, grand-père, vas-y, montre-leur, dirent fièrement les gamins !

Même si la situation commençait à devenir gênante pour lui, cela fit accélérer la personne indécise qui jeta son dévolu sur le "cheeseburg's".

Ayant été à deux doigts d'être considéré comme "l'emmerdeur de la soirée", il était à ce stade relégué au rang de "Gentil Vieux Schnock", qu'il faut servir le plus vite possible pour éviter un raisonnement de derrière les fagots.

La place se libéra enfin et ils s'avancèrent.

– Bonjour, mon brave, dit Anselme, tel un conquistador affamé venant de descendre de sa monture après avoir gagné une bataille ; je vous écoute !

Le serveur eut un moment d'incompréhension.

– Bonsoir Messieurs-Dames ; vous m'écoutez, dites-vous ?

– Oui, jeune homme, que nous suggérez-vous ?

Affichant un sourire discret et rassemblant toute la patience qu'il avait en stock, il pointa du doigt, les panneaux lumineux, au dessus de sa tête où tout était répertorié.

– Tout est écrit ici Monsieur, mais je vois que vous n'êtes pas habitué, alors je vais vous aider à y voir un peu plus clair.

Il lui énuméra une partie des sandwiches disponibles et lui expliqua ce à quoi il avait droit en fonction du menu qu'il prendrait. Anselme, fut très rapidement perdu dans tout ce "Mic-Mac" d'hamburgers, de frites, et autres potatoes et nuggets.

En fin de compte, il passa le relai à Véronique, qui le fit avec d'autant plus de plaisir, qu'elle affichait depuis déjà un long moment une Super-Banane de l'oreille gauche à l'oreille droite, rien que de voir les expressions successives que le visage d'Anselme exhibait depuis le début, tandis qu'il essayait de comprendre.

Sachant comment combler les enfants dans un fast-food, elle ne mit pas longtemps à passer la commande pour tout le monde, y compris celle d'Anselme qui avait baissé les bras.

Le serveur commençait à remplir le plateau des premiers hamburgers qui étaient prêts, ainsi que la première fournée de frites. Anselme ne pouvait plus quitter des yeux ces petites boites en "carton ciré", qui renfermaient chacune un sandwich.

« C'est çà, leur hamburger ? », pensa-t-il en réfléchissant déjà à une solution, pour en avoir plus, sans se faire remarquer.

À cet instant, l'instinct de survie prit le dessus …

– Pardon jeune homme, mettez donc, six hamburgers de plus, pour le cas ou quelqu'un ne serait pas rassasié, s'il vous plaît, et mettez-nous donc une bouteille de vin rouge.

Le serveur comme Véronique avaient tous deux compris que la seule personne qui avait le plus de chance de ne pas l'être n'était autre que lui et lui seul.

– Mais bien sur Monsieur… Six hamburgers supplémentaires, c'est parti, mais pour le vin…

– Véronique interrompit le serveur pour le soulager de cette explication.

– Il n'y a pas de vin ici Anselme, seulement des boissons sans alcool!

– Pourquoi ne m'en suis-je pas douté, fit-il en remuant la tête !

Anselme n'était certes pas friand de cette nourriture, mais l'odeur de la viande cuite, les frites et tout ce qui émanait de la cuisine, avait cependant réussi à le mettre en appétit.

Regardant sa belle-fille du coin de l'œil, il remarqua qu'elle se moquait gentiment de lui. Il crut bon d'en rajouter une louche et s'enfonça donc davantage …

– Tu n'es pas d'accord Véronique, les enfants peuvent avoir encore faim, après ce Menu-Festin …

– Bien sur Anselme, vous avez entièrement raison et c'est très sage d'y avoir pensé, acquiesça-t-elle, en esquissant un sourire courtois.

À cet instant, il comprit que ce qu'il avait de mieux à faire était de se taire définitivement.

Soudain, il aperçut dans la cuisine à travers les étagères ou sont entreposés les hamburgers qui sortent des mains des cuisiniers lorsqu'ils sont prêts, un jeune homme d'une trentaine d'années, qui lui parut avoir des faux airs de Rémy, avec ses cheveux bruns bouclés, et ce visage à la Brad Pitt dont il avait souvent vu les yeux s'ouvrir et se fermer. Il décida de ne pas réagir, mais il ne pouvait pas s'empêcher de le suivre du regard.

D'un coup, l'homme qui avait l'air de donner des ordres, s'approcha subitement des étagères avec ses yeux noisette grands ouverts, pour voir le monde qu'il y avait en salle. Il le fit si rapidement et si promptement, qu'Anselme eut l'impression qu'il allait passer au travers.

Surpris et interloqué, il eut une réaction de recul, puis se ressaisit.

« Ça ne va pas recommencer », pensa-t-il.

Cependant, cela ne l'incommodait plus à présent. Loin d'être apeuré, il était curieux, il avait envie de savoir de quoi il en retournait exactement. Mais dans l'immédiat, il ne devait penser qu'à une chose… manger et aller ensuite à ce fameux concert, jusque-là, objet de tous les mystères.

– Que vous arrive-t-il Anselme, fit Véronique qui avait remarqué sa "déconnection" en le voyant figé devant la caisse enregistreuse ?

Il regardait droit devant lui, sans même répondre au serveur, lequel finissait de le servir. Il ne fit même pas attention à ce que lui dit Véronique tant il était obnubilé par ce qu'il voyait.

Constance remarqua la scène et pensa aussitôt à ce qu'il lui avait raconté dans ce bar où le passage aux toilettes s'était avéré une aventure périlleuse pour lui. Inquiète, elle commença à se lever pour le rejoindre, puis dans le souci de ne vouloir affoler personne, se ravisa.

– Laisse maman, fit Sébastien en coupant l'élan de sa mère d'un geste assuré, je vais aller les aider à ramener les plateaux.

Camouflant son inquiétude, elle acquiesça d'un hochement de tête.

S'étant remis de son émotion, Anselme prit un plateau garni de plusieurs portions de frites et se dirigea à leur table avec les enfants. Véronique avait proposé de payer le tout et terminait avec le serveur, quand Sébastien arriva pour prendre l'un des deux plateaux restants.

– Voilà les hamburgers, fit Sébastien en arrivant avec le plateau, Véronique arrive avec les boissons.

Constance regardait son mari qui commençait à ouvrir les emballages, mais il n'avait pas vraiment l'air dégouté et cela la rassura.

Véronique arriva enfin avec les boissons sans aucune bouteille de vin rouge. Elle posa le plateau sur la table, s'installa et n'ayant eu aucune réponse, réitéra sa question à Anselme.

– Qu'aviez-vous tout à l'heure au comptoir, on aurait dit que vous aviez vu un fantôme ?

– Mais, c'est tout à fait exact, répondit-il sur le ton de la plaisanterie, évitant du même coup, toutes explications inutiles.

Soucieux de ne pas gâcher la soirée, il préféra tout de même donner une précision, en espérant ne pas devoir s'étaler davantage.

– J'ai simplement cru reconnaître une personne que je connais et quand tu m'as parlé, j'essayais de mieux voir son visage, voilà tout. Ne m'en veux pas si je ne t'ai pas répondu tout de suite.

– Aucun problème Anselme, fit-elle en commençant à déballer son "cheeseburg's".

Constance observait discrètement son têtu de mari devenu finalement raisonnable. Cela lui ressemblait davantage ; elle était soulagée. La soirée avait de nouveau une chance d'être une réussite.

Tous commencèrent à se servir à l'instar d'Anselme qui ne voulait pas passer pour ce qu'il était ... Les enfants se jetèrent sur ce qu'ils avaient choisi, les femmes faisaient attention à leur ligne et y allèrent avec parcimonie. Sébastien et Grégory, dignes fils de leur père, avaient dans le coin de l'œil, les six hamburgers supplémentaires, que leur père avait commandé "au cas où", et se hâtaient de manger pour être parmi les premiers à se resservir.

– Ils sont bien vite mangés ces hamburgers, dit Anselme en ingurgitant sa dernière bouchée. Heureusement qu'il y a du supplément, car ce n'est pas avec ça, qu'on pourra tenir la soirée !

– Tu as tout à fait raison papa, dit Grégory la bouche encore pleine, saisissant un autre hamburger,

Sébastien fit rapidement de même, lorsqu'il vit les précieux sandwiches disparaitre à la vitesse "Grand-V".

– Il n'y en a pas un pour racheter les autres, dit gentiment Constance, vous avez demandé aux enfants, s'ils en voulaient encore ?

La main posée sur ce qu'il espérait être son troisième coupe-faim, Anselme se ravisa et posa la question aux enfants.

– Oui papi, c'est super bon, s'écrièrent les bambins.

Il tenta de cacher sa déception, mais cela émanait tellement de son visage, que Constance ne put s'empêcher de le taquiner.

– Les chiens ne font pas des chats mon chéri, reprit-elle ironiquement, en projetant du regard les hamburgers encore prisonniers de ses mains, sur les petits hommes tous aussi boustifailleurs que leurs pères et leur grand-père.

– Je vais aller en commander trois autres et je reviens, dit-il, en commençant à se lever.

– Anselme, tu en as déjà avalé deux, et autant de portions de frites à toi seul ; de plus, il est déjà dix-neuf heures passées et nous n'avons plus beaucoup de temps. Par ailleurs, la navette qui va au stade, va bientôt arriver et la suivante ne passe qu'une demi-heure après, alors sois raisonnable …

– Tu as sans doute raison ma chérie et je dois faire attention à ma ligne de toute manière !

Tout le monde avait pratiquement terminé son repas. Seuls Kévin, Gérémi et Angel avaient encore une bouchée ou deux à terminer.

*« En vieillissant, on apprend à troquer
ses terreurs contre des ricanements. »*
Emil Michel Cioran

13

Qui es-tu ?

Alors que tout le monde commençait à se préparer à partir, la navette fit son apparition à l'arrêt de bus.
– Bon sang, dit Grégory se levant d'un bond et pressant le mouvement, il faut y aller, la navette est là !
Enfilant son manteau en toute hâte, il poursuivit dans son élan…
– Je vais lui dire de nous attendre, reprit-il en se précipitant dans sa direction.
Le bras droit encore en l'air, il emporta littéralement avec lui un homme et son plateau sans même s'arrêter …
– Excusez-moi, pas le temps, reprit le grand fiston devenu "boulet de canon" !
– Aïe, fit Sébastien qui aidait Sofia et Véronique à habiller les enfants!
– « Et qui va s'occuper de recoller les morceaux ? », pensa fortement Anselme.
– Laisse papa, fit Sébastien en allant à la rencontre de l'homme malchanceux, j'y vais …
Ils se levèrent et se pressèrent vers la sortie au pas de course, pour rejoindre l'endroit où stationnait le bus qui était à deux cents mètres de là. Sébastien s'approcha du lieu d'impact et tenta de présenter ses plus plates excuses à cet homme qui semblait porter toute la misère du monde sur les épaules. Mais le regard glacial qu'il lui lança à cet instant incita Sébastien à sortir un billet de son portefeuille d'approximativement le double de ce qui n'était plus qu'un pâté dégoulinant au sol.

– Pardonnez-nous Monsieur, reprit-il humblement, nous n'avons vraiment pas le temps ; cassez-moi donc la figure après le concert, d'accord ?

L'homme gloussa discrètement, puis fit avec une sagesse contrôlée.

– Allez-vous-en vite et bon concert !

Sébastien n'en croyait pas ses oreilles.

– Merci …

– Inutile fiston, j'ai déjà envie de te tordre le cou !

Le jeune homme fit simplement un signe de tête …
« Message reçu ! »

Tandis que Greg courait à toutes jambes pour intercepter le bus avant qu'il ne s'en aille, criant de toutes ses forces « Attendez, ne partez pas », il vit soudain la navette amorcer son démarrage, puis s'arrêter aussi sec.

– « Il m'a vu », pensa-t-il, soulagé.

Le chauffeur, qui n'avait rien vu ni rien entendu, tenta un deuxième départ, qui se solda par un deuxième échec.

« Mais, qu'est-ce qu'il fabrique ? » se demanda Grégory.

Le chauffeur n'avait pas l'air de comprendre ce qui se passait. Le troisième essai fut concluant, au moment précis où Grégory, essoufflé, arriva à hauteur du bus. Surpris, le conducteur ouvrit enfin la porte.

– Pardonnez-moi, je ne vous avais pas vu. Mais apparemment, aujourd'hui est votre jour de chance Monsieur, car si le moteur n'avait pas calé à deux reprises, vous auriez dû attendre mon collègue, qui sera là dans une bonne demi-heure.

– Je me suis demandé ce que vous faisiez, dit Grégory, en expliquant ce qu'il avait vu. Je ne suis pas seul, poursuit-il, il y a encore sept autres personnes qui arrivent.

– Rassurez-vous Monsieur, maintenant que je vous ai vu je vous attends, je ne bouge plus !

Lorsque le reste de la famille arriva, Anselme remercia le conducteur de son amabilité.

– Ce n'est pas moi que vous devez remercier, mais le bus !

– Le bus ?

– Je ne vous avez pas vu, reprit l'homme, et s'il n'avait pas été capricieux, quand j'ai voulu démarrer, je serais reparti sans vous. La seule chose qui me dérange dans cette histoire, c'est qu'on vient juste de l'acheter, et que cet engin de malheur est tout neuf ! Il va falloir lui faire passer une visite au garage après seulement trois jours d'utilisation ; le matériel n'est plus ce qu'il était et c'est bien dommage, croyez-moi !

– Ça ne doit pas être bien grave, hasarda Anselme, cherchant à le rassurer.

– Non, je ne pense pas, surtout qu'il a très bien fonctionné jusqu'à ce soir ; ou plutôt, jusqu'à ce qu'il vous voit arriver … Je pense que vous avez dû lui faire peur, plaisanta le chauffeur qui paraissait être un bon vivant, ayant la plaisanterie facile !

À cet instant, une pensée traversa l'esprit d'Anselme, une pensée étrange … Il regarda Constance qui comprit tout de suite, ce qu'il avait en tête.

« Alors, tu es encore là », pensa-t-il, en jetant un regard furtif sur le plafonnier du bus. « Encore une fois, Merci … »

– Je lui présenterai mes excuses lorsque nous descendrons, c'est promis, dit-il au conducteur, en plaisantant.

L'homme sourit, referma la porte et démarra. Anselme rejoignit son siège aux côtés de Constance, s'assit confortablement et soupira, comme pour évacuer un "trop-plein".

– Je ne sais pas ce qui se passe, mais je vais le découvrir. De toutes évidences, il tombe toujours à pic !

– Il y a des "Esprits frappeurs" qui te pourrissent la vie, et d'autres apparemment "protecteurs" qui te l'embellissent, hasarda discrètement Constance.

– Peut-être que je suis en train de développer la faculté de communiquer avec des fantômes, qui sait ? Le plus frustrant pour moi, c'est qu'il est seul à communiquer ; si on peut appeler ça une communication. Jusque-là, il me rend des services et je le remercie ! Voilà à quoi elle se résume.

Constance le regarda amoureusement et lui prit la main pour signifier sa présence à ses côtés.

Il la regarda à son tour, lui sourit et conclut par ces deux mots, avant de s'en aller dans ses pensées,

– Moi aussi.

« Qu'est-ce que tu es ? Un fantôme, un esprit, une énergie, peut-être le tout regroupé… Peut-être que je développe seulement mon imagination ; ou bien j'ai simplement une chance incroyable ces derniers jours ! Si tu existes vraiment et que mes neurones sont toujours en place, alors qui es-tu ? Montre-toi, fais-moi un signe ; moi aussi je veux pouvoir t'aider, ou même te parler… Quoi que tu sois, ou qui que tu sois, JE VEUX TE CONNAITRE ! »

De son siège côté "allée centrale", il regardait droit devant lui, au travers du pare-brise ; le paysage défilait et les lampadaires plantés sur toute la longueur du trajet semblaient être là pour "introduire" les puissantes lumières du site où allait se dérouler le concert. Mais soudain, quelque chose attira son attention au loin, sur le bord de la route. Cela ressemblait à une lueur diffuse, un peu comme un rayon de lumière sans formes précises. Elle avait l'air de les accompagner, mais à l'extérieur, en les précédents d'environ cent cinquante mètres. Cela ne marchait pas, ni ne courait, mais semblait plutôt voler dans les airs en "rase-mottes". Il regarda Constance et les autres, mais personne ne paraissait la voir. Continuant de l'observer sans rien dire dans l'obscurité de la nuit tombée régulièrement ponctuée par les réverbères qui la mettaient d'autant plus en valeur entre chaque poteau, il était bel et bien le seul à la voir ; elle s'immobilisait, puis repartait telle une escorte bienveillante. Anselme ne la lâchait pas des yeux, il était fasciné.

« Ah… Te voilà, pensa-t-il. Mais, ne reste pas dehors, viens donc te présenter ! »

Il vit soudain la forme disparaître à toute allure.

Le bus n'était plus très loin du stade. À cet instant, Sébastien l'interpella en lui disant, qu'il allait très certainement apprécier la soirée musicale.

Là, Anselme prit conscience qu'il y avait trop de monde autour de lui, pour établir "un contact".

– Celtique, hasarda-t-il, en se tournant vers son fils ?

– Oui, tout ce que tu aimes papa !

– Ce sera sûrement une bonne soirée, conclut-il, en se retournant, pensant toujours à son rayon de lumière.

« OK, j'ai compris, à plus tard ! »

94

*« Lorsque le silence est la parole et la parole silence,
la grande porte du don s'ouvre sans obstruction. »*
Marcel Aymé

14

Bienvenue ...

La navette arriva bientôt non loin de l'entrée du stade où se trouvait déjà une foule extrêmement dense.

Voyant cela, Anselme en avait déjà mal aux jambes, rien qu'en imaginant la longue attente ; « On va y rester au moins une heure ! »
– On n'est pas sorti de l'auberge, fit remarquer Grégory peu enthousiaste.

Ils descendirent du bus et se dirigèrent vers la caisse. Constance remarqua une famille qui arrivait en même temps qu'eux. Elle était sûre de les connaître ; elle les avait déjà vus… À Saint-Just? Peut-être, ou bien aux alentours. Apparemment mieux renseignés, ils se dirigèrent directement vers l'un des agents de la sécurité, qui après avoir échangé quelques mots, leur prit les tickets en leur indiquant où passer. Constance observait la scène en silence. Eux, eurent droit à une escorte toute personnelle, après avoir présenté ce qui semblait être une invitation pareille à celles qu'ils avaient reçues ; il était donc judicieux de penser qu'il puisse en être de même pour eux.
– Donnez-moi tous vos invitations et suivez-moi, ordonna-t-elle tel un chef de bataillon en robe de soirée.
– Oui-chef, plaisanta Sébastien, en lui tendant les leurs au "garde-à-vous " !

Le clan fit comme la "famille modèle" et arriva devant l'un des agents. Tous avaient des consignes particulières pour Anselme et sa famille en tant "qu'invité d'honneur". Michael, l'organisateur de la soirée, avait pris soin de montrer une photographie d'Anselme en ordonnant un traitement de faveur à son égard, ainsi qu'à ses accompagnants.

L'agent leur demanda de bien vouloir patienter un instant, prit son téléphone portable et prévint le responsable de leur arrivée, lequel arriva seulement cinq minutes plus tard pour les accueillir en personne.

– Ah, vous voilà enfin, fit-il en leur serrant chaleureusement la main, vous avez fait bon voyage ? Je m'appelle Michael Fournier, je suis le producteur de cette soirée, mais appelez-moi donc "Michael" ! Suivez-moi, poursuivit l'homme qui semblait être impressionné par la prestance d'Anselme, je vais vous accompagner personnellement.

Étonné de cet accueil, Anselme suivit le mouvement. Il les conduisit directement jusqu'à leurs places situées juste devant la scène en plein milieu de la rangée où étaient déjà installés quelques-uns de leurs proches, ainsi qu'une bonne partie de leur village et des villes voisines à Saint-Just.

– « Qu'est-ce qu'ils font là ? » pensa-t-il en voyant tous ces visages familiers. Anselme et sa bien-aimée qui le soutenait, firent un signe du bras à ceux qu'ils reconnaissaient.

Tandis qu'ils marchaient, Michael engagea une brève conversation avec Anselme, car le temps lui était tout de même compté.

– On m'a beaucoup parlé de vous, je dirais presque que je vous connais, même si nous nous voyons pour la première fois !

– Qui vous a parlé autant de moi comme ça ?

– Ça… Je n'ai pas le droit de vous le dire, mais je sais que vous étiez un excellent infirmier et que vous êtes aussi musicien à vos heures perdues !

– Vous êtes parfaitement renseigné jusque-là !

– Vous continuez de jouer ou c'est du passé ?

– Plus que jamais, maintenant que j'ai tout le temps …

Michael le regarda, esquissant un large sourire en pensant probablement à ce qui était prévu à son égard.

– Vous avez raison Anselme… heu, vous permettez que je vous appelle Anselme ?

– Bien entendu Michael …

Tous regardaient l'installation, la scène, les éclairages, les gens assis sur leur siège ; tout était tellement grandiose.

– Nous sommes arrivés, dit Michael en leur montrant de sa main gauche les neuf places. Ne m'en veuillez pas, mais j'ai encore mille choses à faire. Passez une bonne soirée et à plus tard…

– Merci Michael, à plus tard.

À cet instant, il eut un moment d'étonnement.

– À plus tard …? Pourquoi nous a-t-il dit ça, fit-il en se tournant vers Constance ?

– Je ne sais pas, il a dû se tromper… Il doit avoir tant de détails à régler, que ça en est même étonnant qu'il soit venu nous chercher !

Mais ça doit avoir un rapport avec ces invitations qu'on a reçues …

15

Derniers réglages

Pendant ce temps les musiciens qui répétaient depuis la veille au matin, se préparaient pour le spectacle. Tous avaient le trac, mais avaient en commun cette même motivation : surprendre leurs familles, leur ami Anselme et avec un peu de chance, le public …

Mais pour l'heure, c'est le branle-bas de combat dans les coulisses. Même s'il croit en la réussite du projet, le producteur ne peut s'empêcher de penser à la singularité de cette soirée ; c'est une première en la matière et il subsiste malgré tout le risque que cette manifestation ne soit pas appréciée à sa juste valeur.

Nicole a endossé plus ou moins malgré elle le costume de chef de groupe sur les épaules et passe en revue les musiciens, les choristes et les chanteurs. Elle commence par les sonneurs …
– Messieurs, rappelez-vous que c'est à la quatorzième que tout le monde pourra voir concrètement ce que nous avons accompli. Vous vous rappelez laquelle ?

L'ayant répété de nombreuses fois, Pascal, l'un des joyeux lurons de la troupe, soupira et répondit,
– Oui, on s'en souvient, c'est sur "Oui, je crois" de Mireille Mathieu que nous montrerons avec fierté le fruit de notre travail !

Cela provoqua un fou rire général et Nicole le fusilla gentiment du regard. Mais ces quelques paroles eurent l'avantage de détendre tout le monde et pour ne pas agacer Nicole déjà stressée, Romain continua en la rassurant.
– "The Brendan Thème". Ne t'en fais pas, on sera à la hauteur.
« Oui, on y arrivera », pensa-t-elle en contemplant leurs visages.

Elle sourit et continua son inspection.
– Et toi, Sylvestre ?
– À la dernière note de guitare, surprise !

– OK ; Kévin ?

– Nous, on l'encercle et on en fait un prisonnier de spectacle !

– Bien. Et maintenant, écoutez-moi tous. Personne ne doit se douter de quoi que ce soit avant la quatorzième, c'est compris ?

Tout le monde approuva d'un hochement de tête et répondit en cœur, tel un groupe de jeunes écoliers.

– « OUI, NICOOOLE ! »

Le stress démarrait une pause, laissant place à un courage générateur d'assurance et d'aplomb acquis tout au long de leur démarche reconstructive. Les remerciant du fond des yeux, elle poursuivit d'un ton tranquillisé,

– On va leur montrer !

Il était à présent dix-neuf heures cinquante et pour eux, il ne restait plus qu'une heure et demie avant l'entrée en scène. Michael, producteur et mécène du spectacle, était venu avec sa propre équipe d'éclairagiste, d'ingénieurs du son et de la vidéo pour l'écran géant qui mesurait quinze mètres de long sur dix de hauteur. Cette représentation allait être digne des plus grands spectacles. Tout y était :

• Un décor somptueux laissait apparaître deux gammes de notes de musique géantes, disposées de chaque côté de l'écran.

• Sur la scène de quatre-vingt-dix mètres de long sur quarante de large étaient disposés plusieurs niveaux avec des escaliers qui formaient un grand cercle.

• Au centre, sur le niveau le plus haut, était installée une batterie complète.

• À chaque extrémité de la scène avaient été élevées deux énormes colonnes de haut-parleurs, offrant une puissance totale de vingt mille watts.

• Une multitude de projecteurs, stroboscopes et autres effets lumineux étaient disposés très haut au dessus des musiciens. Quelques-uns se trouvaient même au centre du stade où étaient perchées quatre personnes qui régissaient le son et l'éclairage.

Et pour couronner le tout, pas moins de quatorze mille personnes allaient assister au concert pour lequel tout le monde trouverait une place assise. Pour attirer la foule, les organisateurs avaient pris la décision de ne pas tout révéler. Les affiches publiées en masse, ainsi que des spots publicitaires télévisés et radiophoniques, annonçaient une formation de musiciens celtiques, parrainée par les plus grands noms du genre. Les places étaient payantes, mais le prix n'était pas excessif.

« *La musique est une révélation plus haute
que toute sagesse et toute philosophie.* »
Ludwig Van Beethoven

16

Un petit pas pour nous ...

Le grand moment arrivait à grands pas. Tous les spectateurs étaient là. Bernard, Suzanne et les parents de Sofia avaient été accueillis de la même manière que les invités du premier rang dont ils faisaient partie à leur plus grande stupéfaction.

Treize places leur avaient été réservées au premier rang. En voyant ses amis, Anselme s'inquiéta pour Drakkar.

– Comment se fait-il que vous soyez là ? Vous êtes venus avec le chien ou vous avez décidé de me le laisser mourir de faim ?

– Ne t'en fais pas, Yannick est à la maison pour le garder.

– Je ne savais pas que vous vous intéressiez à la musique celte, vous aussi.

– Pour tout te dire, nous non plus !

– Alors là, je ne comprends pas.

– Ne cherche pas. Si on a bien compris, tu auras la réponse ce soir.

Anselme fronça les sourcils et se rassit sur son siège. La "Bande à Nicole" pouvait encore se préparer mentalement pendant un moment, car pour ne pas trop "bluffer" les accrocs de la musique celte, Michael avait décidé de faire chanter les plus connus en première partie, tel que Gilles Servat, Denez Prigent ou encore Alan Stivell qui avaient accepté ces conditions tout aussi facilement que tous les autres pour cette cause juste à leurs yeux. Ce n'était certes pas la procédure habituelle, mais dans cette représentation que Michael croyait à tort unique, rien n'allait être habituel.

Vingt heures quarante-cinq ; les lumières commencent à illuminer la scène restée jusque-là dans l'obscurité. Le brouhaha du public s'estompe peu à peu, et c'est Sharon Shannon qui ouvre le bal, en chantant "Sandy River Bell". Elle sera suivie de Denez Prigent, Alan Stivell, Gilles Servat, Rita Connoly, Bagdad de Laun Bihoué et Shaun Davey.

Tous les fans sont aux anges et Michael se frotte les mains. C'est maintenant, qu'ils vont devoir faire preuve d'une certaine ouverture d'esprit pensa-t-il, en essayant de cacher son appréhension. Gilles Servat, qui a toujours eu cette aisance sur scène, a accepté de prendre le micro pour présenter ses nouveaux amis au public. Il s'agissait de présenter un genre nouveau de musiciens, non une bande d'handicapés. La tâche était quelque peu délicate, mais pas impossible. De leur côté, Nicole, Victor, Pascal et les autres qui avaient déjà été impressionnés par toute cette immensité en découvrant le stade, la scène et le matériel, étaient fin prêts, même si au fond d'eux, ils mouraient de trac.
– « Mesdames et Messieurs, l'exception ne se rencontre pas tous les jours. Nous avons fait la connaissance de personnes dignes de ce titre et nous sommes tous tombés sous le charme ».

À ce moment-là, les autres invités de marque qui avaient chanté depuis le début du concert, se joignirent à lui comme pour donner plus de poids à ses paroles. Après un instant de surprise, il reprit.
– « Ce soir, la musique que nous aimons tous, va prendre une nouvelle dimension. Je vous demande d'accueillir comme il se doit, une formation unique en son genre "La Troupe Méribell" ».

En même temps qu'il parlait, apparaissait un film sur l'écran géant, montrant l'ancienne clinique vue du ciel tandis que les premiers musiciens arrivaient sur scène en fauteuil roulant, suivant un itinéraire précis et dans un ordre d'arrivée préalablement établi. Ils étaient une cinquantaine à arriver en masse sous les applaudissements du public. Anselme en resta bouche bée et ne put contenir son émotion, se levant et applaudissant de toutes ses forces. Tout le monde y était ; il les reconnaissait tous. La surprise était totale. « C'est ça mon cadeau ! ». Il regarda sa femme, ses enfants et ses amis en affichant un sourire de plénitude et de reconnaissance.
– Merci d'avoir su garder le secret, je ne m'y attendais pas du tout. Il commençait à regretter la réaction stupide qu'il avait eu à l'hôtel avec son aimée, mais l'expérience qu'il était en train de vivre l'emporta sur tout le reste. Ce soir on en était plus là !

Constance le regarda avec amour et lui dit en remuant les lèvres, tel un mime « Je t'aime ».

Anselme se concentra de nouveau sur le spectacle, impatient et excité de les voir jouer. C'est Nicole qui allait commencer. Elle s'approcha du micro, regarda d'un air satisfait le "clan Anselme" ainsi que toutes les familles des musiciens et des chanteurs assis dans les trois premiers rangs avec dans leur poche la même invitation qu'Anselme. Les premiers instruments se mirent à fredonner les notes d'une chanson intitulée "Borders of Salt" chantée à l'origine par Dan An Braz. Ils n'avaient fait aucune création étant donné qu'ils n'envisageaient pas de se faire une place dans le paysage musical celtique. Certes, ils étaient tous devenus capables de jouer et chanter avec les plus grands, mais ça n'était pas le but de l'opération. Ce soir, ils allaient tout simplement s'épanouir et s'accomplir, devant les personnes les plus chères à leur cœur.

Ainsi, Nicole entama son chant avec une facilité telle une star de la chanson. Tout le monde put entendre sa voix cristalline et mélodieuse. À présent, plus personne n'avait le trac, c'était parti !

Un film continuait de défiler sur l'écran géant, montrant leur évolution tout au long de ces années. Ils avaient pris soin de se filmer pour se souvenir et montrer le moment venu que la seule magie qui était intervenue dans leur exploit était simplement leur motivation inébranlable. Anselme ainsi que le public avaient sous les yeux pratiquement toutes les personnes dont il s'était occupé dans la période de mille neuf cent quatre-vingt-huit à mille neuf cent quatre-vingt-quatorze. Tous travaillaient dur, faisant des exercices physiques, chacun s'acharnant en particulier sur son handicap. Certains s'entraidaient, d'autres s'exerçaient avec leur instrument de musique. Ainsi, on pouvait voir entre autres,

Victor essayant de dompter sa cornemuse. Jérôme dont le bras gauche avait été sérieusement abîmé dans un accident de voiture, faire des partitions à la guitare sèche.

Jean-Luc, un grand blond aux allures de Viking dont la main gauche était en partie refaite, tambourinait sur une batterie.

Damien rejouait de la guitare électrique alors que tout le monde avait condamné son bras droit. Il était le boute-en-train de la troupe. On le voyait se laisser aller de temps en temps à parcourir le hangar de long en large avec sa guitare folle, comme le fait Angus Youg du groupe rock "AC/DC". Certains en souriaient, d'autres s'énervaient et semblaient vouloir lui mettre la corde au cou. Cela n'était pas pour déplaire à Éric, qui lorsqu'il le voyait piquer son délire, l'accompagnait en rythme avec sa basse.

On pouvait voir également les railleries de Bertrand, l'un des seize sonneurs, le plus teigneux du groupe, craquer en donnant quelques fois du fil à retordre à certains en les provoquant, lorsque cela devenait trop dur pour lui.

Etaient de même diffusées quelques images chocs sur lesquelles on voyait les percussionnistes qui avaient subit des dommages au visage.

Léa s'était vue amputée de la jambe droite et traversait quelques fois des moments de déprime.

Sylvestre, un homme d'un mètre soixante-cinq, compensait sa petite taille en se faisant souvent remarquer en gueulant à propos de tout ! Il était d'ailleurs, le seul à s'être fâché avec Anselme à l'époque. Mais même s'il lui manquait la moitié de sa jambe gauche, en dépit de son caractère infernal, il avait trouvé la motivation nécessaire pour maîtriser sa flûte à l'instar de Carlos Nuñez, un grand virtuose en la matière, dont il était fan.

Nicole avait perdu son avant-bras droit et déprimait sans cesse dans les premiers temps de son handicap. Mais aujourd'hui, contre toute attente, elle leur mettait des coups de pied au derrière, quand il y en avait un qui broyait du noir, ou se mettait en colère après certains, lorsqu'ils faisaient mal leur travail. Ceux qui la connaissaient dans le public découvraient une personne qui avait la rage de vaincre et qui du haut de son mètre soixante-dix avec ses cheveux bruns coupés au carré et son visage fin, mais très expressif, menait tout son petit monde à la baguette !

Anselme était dépité en voyant Sylvestre sur ces images … « Au moins, ils auront réussi à lui fourrer quelque chose dans le bec pour le faire taire ! »

Mais, il n'y avait aucune rancune en cela. Il souriait et était en admiration. Il les regardait, les étudiait avec la plus grande attention. Tous avaient progressé en dépit de leur handicap. La plupart de ceux qui étaient dans un fauteuil roulant réussissaient à se lever, certains même, marchaient avec plus ou moins de facilité. D'autres se servaient de déambulateurs ou de béquilles, et quelques-uns parvenaient à marcher sans aide, mais prudemment. Ces images témoignaient de dix années d'efforts, des meilleurs moments, comme des plus difficiles. Leurs proches, qui n'avaient rien soupçonné pendant tout ce temps, comprenaient tout à présent. Lorsqu'ils rentraient chez eux, ils se réinstallaient dans leur fauteuil, pour ne plus en bouger! Cela faisait aussi partie de leur motivation ; ils comptaient bien être fin prêts physiquement pour en arriver à ce résultat. Quoi de plus motivant !

Anselme était complètement déconnecté du reste de la foule, comme sur une autre planète, perdu dans ses pensées.

– « C'est vrai, je vous ai fait part de ma propre expérience, mais je ne vous ai pas obligés à faire de la musique. Je reconnais que c'est mieux de pouvoir jouer debout plutôt qu'assis, mais vous pouviez vous stimuler avec n'importe quoi d'autre, du moment que ça vous tient à cœur. Mais là, c'est un concert digne de Mick Jagger ! »

En tout état de cause, il transparaissait de cet écran, une volonté hors normes ; ils y croyaient et cela se voyait. C'était presque palpable. Tout ce monde formait un groupe de musiciens hors du commun, mais les résultats étaient là.

- « Il y a certaines choses qu'il vaut mieux faire seul … »

Certains avaient même pris un rythme de travail en venant dans ce hangar, comme s'ils allaient travailler n'importe où ailleurs, tandis que d'autres se battaient avec hargne et acharnement pour anéantir leur handicap, tout en participant à leur projet musical. On voyait claire-ment le sérieux avec lequel ils travaillaient. Tels de vrais profession-nels, tout était calculé à la seconde près lors des répétitions ; réglé comme du papier musique. Il était hors de question pour eux d'annon-cer un tel évènement pour faire ensuite un spectacle maladroit suscep-tible de faire glousser les gens, qui certes, seraient là pour le spectacle, mais aussi, quelque part pour juger leur prestation. Ils voulaient montrer au monde entier que par la volonté et la motivation, tout peut arriver.

Pour les familles qui découvraient en même temps que tout le monde, leur mari, leur femme, leur frère, leur sœur, ou leur enfant, il était devenu évident au moment où ils s'étaient retrouvés à l'entrée du stade, que quelque chose d'inhabituel allait se produire dans cette soirée. En outre, tous les membres de la troupe avaient trouvé une excuse pour ne pas y assister. Déjà, le simple fait de les voir jouer dans un tel spectacle procurait à l'unanimité une grande fierté, doublée d'un mélange d'admiration et de joie, mais ce n'était là, que le début du spectacle de la troupe "Méribell".

Dans la première chanson que Nicole chantait en anglais, se trouvaient vers la fin des paroles éloquentes: "It's all to you" ; cela signifie "C'est tout pour vous / toi". Chacun l'interpréterait comme il le voudrait. C'est en ouvrant grand les bras et en affichant un large sourire qu'elle chanta ces paroles en s'adressant directement aux familles, mais aussi à Anselme, qui était ébloui par ce qu'il voyait. « Ils ont vraiment pensé à tout » ; il remarqua le dossier des fauteuils des sonneurs qui avait été rabaissé, pour le mouvement de leur bras. Il pensa, « Après tout, le professionnalisme dans une activité, quelle qu'elle soit, est de ne rien laisser au hasard ».

Quand, elle eut terminé sa chanson, elle fit savoir à tout le monde, qu'une personne avait su jadis, leur donner l'envie d'aller de l'avant ; une personne en mesure de comprendre mieux que qui conque, ce que représentent les contraintes d'un fauteuil roulant, ou de se voir privé de l'utilisation d'un membre. Elle regarda alors fixement Anselme … « Viens, viens avec nous » firent ses yeux ; elle lui tendit la main, l'invitant à les rejoindre sur scène, afin de se recueillir tous ensemble devant l'écran géant où étaient diffusées depuis le début de son discours, des images, puis des séquences de films empruntés à la clinique. Les patients y étaient en effet filmés vingt-quatre heures sur vingt-quatre dans leurs chambres pour prévenir d'éventuels problèmes. Mais il y avait aussi les derniers jours de Rémy, qui avait su lui aussi à sa manière, leur donner espoir. En voyant cela, Anselme ne se contrôla plus, il se lâcha complètement et pleura à chaudes larmes, en se dirigeant vers toutes ces personnes, qui l'attendaient pour lui faire le plus beau cadeau du monde.

Les sonneurs entamèrent un titre "The Brendan Thème" de Shaun Davey. À l'instant où il mit un premier pied sur les planches, la magie opéra ; tous ceux qui étaient assis sur leur fauteuil se dressèrent et certains se mirent à marcher en sa direction, tout en continuant de jouer de leur instrument avec une immense fierté. D'autres, atteints de lésions plus importantes, ne pouvant se déplacer qu'avec un déambu-lateur, restèrent debout quelques instants devant leur fauteuil puis se rassirent. Mais, c'était déjà un véritable exploit pour eux ; le fruit de nombreuses années de travail et de souffrances. Tous le regardaient fixement, guettant ses réactions.

À cet instant, s'affichait sur l'écran en grosses lettres,
« MERCI ET JOYEUX NOËL »

L'émotion était à son comble. Les quatorze mille spectateurs étaient tous debout ; ils applaudissaient non seulement le spectacle, mais aussi la leçon d'humanité pour le prix d'un simple concert. Quant à Anselme, il ne se rendait même plus compte qu'il pleurait. C'était tout simplement féérique. Ils l'encerclèrent et se tournèrent tous en direction de l'écran où les images de Rémy continuaient de défiler.

Ce qu'avait ressenti Anselme, le jour où il s'était lui-même levé de son fauteuil devant Constance, devenait dérisoire à côté de ce qu'il ressentait ce soir avec eux.

Tout le monde était ému ; eux de lui faire ce merveilleux cadeau, le public toujours debout, continuant d'applaudir, leurs familles toutes autant bouleversées qu'Anselme, qui pour couronner le tout, se voyait lui-même à l'écran en compagnie de son ami Rémy clignant des yeux, quand il s'occupait de lui. C'était vraiment intense. Avant de fermer définitivement les yeux, Rémy avait chargé une personne tout aussi sensible qu'Anselme d'une mission un peu particulière. Il communiquait en secret avec Nicole par télépathie ; il lui avait demandé d'écrire quelques mots de sa part à leur attention et à celle d'Anselme. Ces mots que Nicole n'avait pas compris à l'époque, mais qu'elle avait tout de même notés et conservés soigneusement, avaient pris tout leur sens au fil des années, surtout ce soir. On pouvait les voir s'afficher sur la toile géante, par-dessus son visage que l'on pouvait voir en gros plan ; ils disaient ceci,

« Ce soir, la musique aura contribué à vous rendre dignes des sentiments que vos proches éprouvent à votre égard et à montrer à tous, que tout est possible.

Vous qui avez été ma seule famille, ainsi que toi Anselme, qui venait me souhaiter "Bonne nuit" tous les soirs avant de rentrer chez toi, m'avez été d'un grand réconfort. Ne pleurez pas ma mort, riez en, car je suis très heureux là ou je suis aujourd'hui ; alors si tu en as envie Anselme, mon ami, tu peux me souhaiter une dernière fois "Bonne nuit" ».

Le film s'acheva avec la musique sur les yeux clos de Rémy. Jérôme s'avança vers Anselme et lui tendit sa guitare sèche.

– «Ça fait partie de ton cadeau, c'est sur un air que tu connais très bien».

– Mais c'est ma guitare !

Jérôme sourit, fier d'avoir été choisi pour ce rôle. Anselme pleurait comme une madeleine et n'avait plus de place pour le trac. Il ne mit pas longtemps à comprendre. Il prit la guitare en main, tandis que Sylvestre s'approcha de lui flûte en main. Tous deux s'installèrent, prêts à entretenir la magie de cette soirée sur une musique de Carlos Núñez en jouant "St Patrick An Dro", après que tout le monde eut regagné sa place sur scène.

« Qui aurait cru que ces deux là se retrouveraient un jour sur scène devant une telle assemblée ! »

Tous deux étaient assis, chacun sur une chaise à l'avant de la scène. Dans un premier temps, Sylvestre jouait pratiquement seul, ponctué par Damien à la fin de chaque couplet. Puis, vint progressivement le tour d'Anselme jouant en parfaite harmonie avec Sylvestre. Ce qui ressortait de ce duo flûte-guitare sèche, était tout simplement magnifique, d'autant qu'Anselme, qui ne jouait plus aussi régulièrement qu'avant, ne faisait aucune fausse note. Au moment où ils eurent terminé leur partition, les sonneurs de nouveau assis et alignés derrière le duo, prirent la relève pour clôturer le morceau. Muni de sa flûte, Sylvestre se leva à son tour, tendit la main à Anselme, l'invitant à le suivre sur la petite avancée de la scène à quelques mètres des spectateurs. Il n'y avait plus qu'à se laisser transporter par cette magie définitivement installée sur cette scène, ainsi que dans les vingt-huit mille yeux braqués en sa direction. Sylvestre boitait un peu, mais qu'importe, il n'y pensait même pas. Anselme avait mis les deux pieds dans ce monde parallèle d'un soir ; il faisait partie intégrante de la troupe ; il était aux anges. Les familles n'en revenaient toujours pas de la constance manifestée à la tâche et de l'aptitude à garder leur secret envers et contre tout ; elles étaient abasourdies et comblées de bonheur. Constance éprouvait une immense fierté, tout comme ses fils et petits-fils. Sofia, ses parents et Véronique étaient en admiration devant ce "petit homme" humble et discret ne parlant que très rarement de son passé et dont ils découvraient une humanité encore insoupçonnée jusque-là. Quant à ses amis de toujours Bernard et Suzanne, ils lui connaissaient et appréciaient toutes ces qualités à leur juste valeur. Mais cela ne les empêchait pas d'être stupéfaits face à ce spectacle grandiose qu'ils avaient la chance de vivre, le tout, devant un public conquis et émerveillé.

Sur la droite et sur la gauche de la toile géante, bien au dessus de la troupe, s'illuminaient les notes imposantes " DO - RE - MI ", et sur l'écran même, était affiché :
"DORS REMY et BONNE NUIT ".

La troupe tout entière était de nouveau debout, alignés les uns à côté des autres sur le devant de la scène, juste derrière Sylvestre et Anselme. Lorsque tous deux furent arrivés sur l'avancée, Sylvestre leva la main d'Anselme en direction du ciel, tels deux champions olympiques. Le tout se déroulait dans un tonnerre d'applaudissements. C'était fait ; le message était passé et la soirée fut bien plus qu'une réussite, la réussite de tout le monde dans le stade. Il y avait même certains spectateurs handicapés, assis dans leur fauteuil roulant, qui demandaient de l'aide aux gens autour d'eux pour se tenir debout. Voilà, quel était le cadeau d'Anselme.

L'immense fierté que ressentaient les membres de la troupe, regardant leur famille en larme dans le blanc des yeux, était indescriptible. Toutes ces années, qu'ils avaient passées à mentir à leurs proches, ne comptaient plus.

À leur grande surprise, le public en réclama encore. Ils invitèrent à leur tour toutes les stars qui leur avaient permis de se produire, à venir jouer et chanter avec eux, pour clôturer le spectacle, avec un air de Dan An Braz, sur le titre "Green Lands". Une symbiose générale s'installa sur cette scène surréaliste à la limite du surnaturel, pour le plus grand bonheur du public.

Ainsi, se terminait ce concert hors du commun qui allait changer à lui seul, la vie de millions de personnes.

Les musiciens furent acclamés pendant plus de vingt minutes, les retrouvailles avec Anselme durèrent quant à elles, deux bonnes heures. Personne ne pouvait s'arrêter de parler. À tel point que Michael fut obligé d'y mettre un terme en diffusant de bouche à oreille le message suivant:

- « J'imagine ce que vous ressentez, mais nous devons partir ; un grand repas réunira tout le monde avec Anselme comme maître de cérémonie. Nous l'avons prévu la semaine prochaine, le temps de vous remettre de vos émotions. Faites passer le mot et… félicitations. C'était vraiment géant ; bravo ».

Il prit le micro et s'adressa directement au public toujours présent et encore sous le charme du spectacle.

- Mesdames, Messieurs, inutile de vous demander si vous avez apprécié cette soirée passée en notre compagnie ! Nous vous remercions tous de votre participation. Mais bien que je sois moi-même sous le coup de l'émotion, nous devons respecter certains engagements qui nous permettront de réitérer un évènement comme celui-ci. Aussi, je vous prie de vous diriger vers les différentes sorties. Encore merci et bon retour.

Le climat était toujours aussi envoûtant et enchanteur. Le public n'opposa aucune résistance et collabora avec empressement. Le site se vida en un peu plus d'une demi-heure au plus grand étonnement de Michael. Seuls les musiciens et les familles étaient toujours sur scène. Les "stars du monde celte", également présentes, complimentaient les membres de la "Troupe Méribell". Les mots n'étaient pas assez forts et les adjectifs manquaient pour décrire cette fabuleuse soirée.

Le lendemain, tout le monde rentra chez soi entamer sa nouvelle vie.

Les journaux locaux et nationaux décrivaient une soirée superbe et exceptionnelle pour les uns, surnaturelle et majestueuse pour les autres, ou encore grandiose, magnifique, miraculeuse. Tout l'éventail de synonymes qui s'apparentaient de près ou de loin au mot "sublime" avait certainement dû être épuisé ce jour-là.

Michael, qui n'avait pas prévu d'éditer le concert, allait rapidement se voir "obligé" de demander à la Troupe désormais célèbre, mais aussi aux vedettes présentes ce soir là, leurs autorisations pour le faire. La Troupe Méribell n'avait nullement l'intention de se lancer dans le show-business. Mais bientôt, elle allait néanmoins se voir proposer des dates de concerts dans le même esprit un peu partout en France et plus tard, en Europe.

Le futur révélera, qu'ils en accepteront quelques-unes, étant donné l'importance du message.

Mais ils ne se lanceront à aucun prix dans cette vie infernale faite de voyages, de stress et de manque de sommeil. Les quelques dates qu'ils feront, ne seront qu'une preuve de leur réussite physique, mais certainement pas une vocation ; leur souhait le plus cher étant de rattraper le temps perdu avec leurs familles. Cela leur permettra en outre de vivre cette aventure pleinement et d'en apprécier tous les moments gratifiants. Dans le feu de l'action, excités par cette nouvelle vie d'environ une année, certains d'entre eux progresseront deux fois plus vite. Mais tous, sans exception, savent aujourd'hui ce qu'ils veulent faire de leur vie ; ils en attendent de nouveau quelque chose…

« Ne crains pas d'avancer lentement, crains seulement de t'arrêter. »
Arthur Schopenhauer

17

Retour aux sources ...

Dans les deux familiales qui faisaient route vers Saint-Just, l'ambiance était sereine, mélangée à une touche d'excitation générale. Bernard, Suzanne et les parents de Sofia avaient sympathisé et avaient décidé de rester une journée supplémentaire dans la capitale.

Dans la voiture de Sébastien régnait la même ambiance musicale qu'à l'aller. Anselme pensait à tous ses « nouveaux amis » qu'il avait jadis soignés ; il continuait à les remercier dans ses pensées pour le formidable cadeau qu'ils lui avaient fait.

Lorsqu'ils arrivèrent dans l'impasse qui mène à leur maison, ils purent apercevoir Drakkar, fou de joie de les revoir. N'ayant pas vu la voiture arriver, Yannick entama une vaine poursuite, puis comprit le déchainement du toutou. Il était évident qu'il ne se calmerait pas. Anselme descendit le premier et alla à leur rencontre.

– Bonjour Yannick, merci d'avoir gardé le chien.

Drakkar ne lui laissa pas la possibilité d'en dire davantage. Il s'était rué sur lui, tel un sanglier chargeant sa proie, mettant ses deux pattes avant sur son torse en lui léchant le visage.

– Félicitation Anselme, reprit Yannick !

– Tes parents t'ont dit, pour la soirée ?

– Oui, ils m'ont téléphoné ce matin, et vous leur en avez mis plein la vue, parait-il.

– Il y a une part de vrai, mais c'est surtout à moi qu'on en a mis plein la vue !

– Ils m'ont raconté aussi. En tout cas, c'est chouette ce qu'ils ont fait pour vous. Il y a même certaines rumeurs qui commencent à courir dans le village.

– DÉJÀ !

– Il y a quelques familles de musiciens qui savent, et ils en parlent à tout le monde. Rendez-vous compte, hier, ils étaient sur des fauteuils roulants et aujourd'hui, ils le ramènent comme un simple bagage pour la plupart !

– Je m'en rends compte plus que tu ne l'imagines Yannick. Mais, j'avoue que d'avoir vu tout ça, dans une seule soirée, m'a quelque peu bouleversé.

– Je comprends ; je vous laisse arriver, à plus tard.

– À plus tard, Yannick et encore merci.

– C'est rien Anselme.

Il rejoignit les voitures pour aider à décharger les bagages.

– Laisse Constance, je m'en charge. Greg, Seb, vous restez ce soir, n'est-ce pas ?

– Bien sûr, papa, répondit Sébastien ; d'ailleurs, on est tous crevés et je ne pense pas que grand monde fasse de vieux os ce soir !

Sur ces paroles, les deux fils prirent leur père dans leurs bras.

– On est fier de toi, papa.

Anselme put se rendre compte de sa chance. Contre toute attente, Grégory s'était apaisé et avait évolué sur sa façon d'appréhender la vie ; le bonheur se lisait dans ses yeux tant il appréciait ce moment, si court soit-il, avec son père et son frère. Anselme fut ému par ce moment de vie au combien appréciable et tellement unique.

– Et vous êtes ma fierté ; je vous aime mes fils.

Tandis que les trois petits garçons jouaient avec Drakkar dans le jardin, Constance et ses deux belles filles les observaient avec tendresse.

Ce moment privilégié avec ses fils, le replongea dans la grande émotion qu'il avait ressentie la veille ; il ne se rendit pas compte qu'il les serrait de toutes ses forces contre lui, lesquels commençaient à "étouffer".

– Papa…, papa.., nous aussi on t'aime, mais tu serres !

Anselme sourit et "lâcha prise". D'un humour toujours aussi bien affûté, Grégory se tourna vers sa mère,

– Oublie les cinquante euros… J'ai manqué de mourir étouffé… Ça vaut au moins le double !

Amusé, Anselme abonda dans la plaisanterie avec sang-froid et sérieux.

– Bien… Je te laisse trois secondes d'avance ; je te suggère d'être le plus loin possible de cette maison, quand j'arriverai à trois !

C'était touchant de voir ce "jeune vieil homme", un peu rustre et souvent maladroit, s'amuser de la sorte, avec ses enfants.

– Et toi Sébastien, tu es d'accord, n'est-ce pas ?

– Oui, papa, répondit-il en se rapprochant de son frère pour le protéger!

– Alors, tant pis pour vous, vous l'aurez voulu, continua-t-il, en se dirigeant dans leur direction !

Les deux hommes se mirent à courir, tels de jeunes enfants en rigolant et en continuant de taquiner leur père.

– Tu peux toujours courir, t'es bien trop vieux pour nous rattraper !

– Ça, c'est ce que vous croyez, reprit Anselme qui commençait à s'essouffler !

Deux tours de maison plus tard, il s'arrêta au niveau des bagages, en fixant Constance.

– Ils ont raison, je suis foutu !

– Garde un peu d'énergie pour les bagages … Ce n'est plus de ton âge Papi !

– Quoi ...? Toi aussi, tu veux que je te coure après ?

– Tu l'as déjà fait, il y a un peu plus de quarante-cinq ans … Et tu m'as attrapée…Tu ne te souviens donc plus ?

Anselme sourit. Il semblait être plus serein depuis leur retour, comme délesté d'un fardeau.

– Et comment que je m'en souviens trésor !

– Il y avait longtemps que tu ne me l'avais pas dit …

– Je suis un peu distrait, j'ai dû oublier !

Le restant de la soirée se déroula dans cette même ambiance. Ils finirent le repas du soir à plus de vingt-deux heures ; heure à laquelle tout le monde montrait de signes évidents de fatigue. Invité au repas, Yannick pouvait quand il le voulait, être un véritable boute-en-train. Il se sentait bien chez eux ; il y était à son aise. Il avait entre autres blagues bidonnantes raconté quelques anecdotes croustillantes sur le désormais fameux "Joli Buisson". Mais ses yeux commençaient à ne plus suivre son enthousiasme ; il décida de rentrer se coucher chez ses parents.

– Merci pour cette bonne soirée, fit-il en reculant sa chaise. En ce moment, on dirait que c'est vôtre fort ! Je me suis régalé à tous points de vue. Je suppose que vous ne tarderez pas non plus, alors je vous souhaite une bonne nuit.

Sébastien. Grégory, leur femme et leurs enfants en firent autant. Constance débarrassa la table, avec l'aide d'Anselme qui se prépara un deuxième café accompagné d'une "grappa" italienne ; une habitude qu'il avait prise en Italie à une certaine période de sa vie. Il s'installa sur l'une des chaises du jardin, à contempler les étoiles dans le ciel, comme il le fait régulièrement après le repas du soir. Cela le détend, lui permet de méditer comme il le dit.

– « Quinze ans, ils ont mis quinze années pour y arriver … C'est vrai qu'à l'inverse de moi, ils étaient atteints pour la plupart, aux jambes et au coccyx, c'est pour ça, qu'il ne m'a fallu que trois ans. Chapeau, les gars ! Vivement dimanche prochain, qu'on se retrouve ».

Constance avait terminé de tout ranger. Elle le rejoignit avec une tasse de thé à la main et s'installa sur une chaise à côté de lui.

– Elles ont bougé depuis avant-hier, plaisanta-t-elle ?

– Si c'est le cas, je ne l'ai pas remarqué ! Mais en revanche, il y a beaucoup d'autres choses qui vont bouger. Depuis hier soir, je n'arrête pas de penser, de réfléchir au futur.

– C'est-à-dire ?

– J'ai eu quelques prises de conscience … Ça doit se savoir Constance …

– Quoi donc ?

– Notre expérience … Ce qu'ils ont fait, ce que j'ai fait. Je me demande, si je ne vais pas me lancer dans l'écriture !

– Tu as l'intention de devenir écrivain ?

– Ça, je ne le sais pas encore, mais je veux que tout le monde sache. Je ne parle pas des moments de souffrance, mais de l'état d'esprit, qui permet d'en arriver à un tel résultat, tu comprends ?

– Pourquoi pas, si c'est ce que tu as envie de faire. Tu penses que ça intéresserait beaucoup de monde de connaître votre exploit ?

– Je ne sais pas trop ; peut-être pas "l'exploit" en lui-même, mais le fait de mieux se connaître ou de se découvrir, tout simplement.

– J'ai hâte de te lire, mon chéri ! À propos de lecture, on a reçu du courrier et il y a une lettre qui t'est adressée, tu veux la voir, maintenant ?

– Non, là je n'en ai pas envie. Il se fait tard, on est fatigué et je n'ai que deux envies ; terminer mon café, et aller me coucher avec toi.

– C'est une riche idée, confirma Constance. Je vais me laver les dents et je monte dans la chambre. Ne t'endors pas ici, je t'attends.

– Ne t'en fais pas, j'arrive dans dix minutes, assura-t-il.

Deux minutes passèrent ; il était épuisé et excité à la fois. Mais il n'avait plus de force ; il commença à papillonner des yeux et à s'endormir peu à peu, avec sa tasse de café chaud dans la main.

Drakkar était couché à côté de la chaise. Pour lui, dormir dehors n'était pas un problème, mais pour Anselme, c'était différent. Certes, il n'était pas frileux "grâce" à son hypertension. Mais les onze petits degrés qu'affichait le thermomètre, étaient quant à eux susceptibles de lui faire attraper froid ; sans compter la tasse de café encore chaude, qu'il pouvait facilement renverser en bougeant. Cela lui arrivait fréquemment de s'assoupir de la sorte. Lorsqu'il finissait par s'endormir dans le salon, il y passait souvent la nuit entière, s'il n'était pas réveillé par un bruit. Mais lorsqu'il s'endormait à l'extérieur avec une telle fraîcheur, il se réveillait de lui-même, vers deux heures du matin en général, saisi par le froid.

Soudain, Drakkar ouvrit un œil et tendit les oreilles. Un chat ? Non … Ce n'était certainement pas le froid non plus. Après tout, c'est un chien de traîneaux, et il peut supporter des températures bien inférieures à celle-là. Mais, il ne se leva pas pour défendre la maison et son maître, car il connaissait cette silhouette qui se trouvait plantée là, juste devant lui. Ce n'était pas une personne de chair et de sang. Son corps, n'était même pas palpable. Il était translucide, un peu brumeux ; pour lui, même s'il était le seul à le voir, il faisait parti de la famille. À chaque fois qu'il rendait visite, Drakkar avait droit à une caresse amicale sur le crâne. La communication entre les deux était limpide. Il était certain que si la silhouette lui donnait un ordre, il lui obéirait tout comme à Anselme. Mais ce soir, elle préféra agir elle-même, comme elle l'avait fait dans les toilettes du bar à Disneyland ou dans de multiples autres occasions. Ainsi, afin de lui éviter un nouveau désagrément de la fraîcheur de la nuit ou de la tasse de café renversée, elle lui mit la main sur l'épaule et le secoua légèrement pour le réveiller.

– Oui, j'arrive chérie, excuse-moi de t'avoir fait attendre !
Dit-il totalement endormi.

À ce moment là, il ouvrit les yeux, ne vit personne d'autre que Drakkar, mais ne fut pas effrayé pour autant ; bien qu'il se soit rendu compte que quelqu'un lui avait gentiment bougé l'épaule. Et cela ne pouvait pas être Constance, puisqu'elle ronflait au premier étage …

– Merci, dit-il en se levant et finissant sa tasse de café encore tiède !

– « Je suis bon pour remercier tous les brouillards que je verrai jusqu'à la fin de mes jours ! » pensa-t-il.

– Aller, Drakkar, on rentre …

Se redressant, le chien regarda devant lui, comme s'il fixait quelqu'un et émit l'un de ces petits « woo » non bruyants dont il a le secret. À la grande stupeur d'Anselme qui regardait la scène, les poils sur le dessus de son crâne s'abaissèrent une nouvelle fois.

Tout devint subitement clair ; il y avait vraiment quelqu'un ou plutôt quelque chose ; visiblement revenu "en paix" et accessoirement, pour rendre service. Anselme ne pouvait pas le voir, mais il était apparemment capable d'admettre cet état de fait. Au moment de refermer la porte, il regarda un instant son jardin. À cet instant, il repensa à ce qu'il avait dit à Rémy lors du concert, devant le grand écran. Il sourit et monta se coucher.

Le lendemain matin, sept heures ; Anselme se lève, se prépare un café, puis se prépare pour sa balade quotidienne comme à son habitude. Drakkar le sait. Avant de sortir, il remonte demander à Constance ce qu'il doit acheter au passage, pour ne pas le crier d'en bas.

– Ne prends que du pain, j'ai tout ce qu'il me faut pour aujourd'hui.

Anselme empoigne la laisse et entame son petit périple.

« Salut Nanar » lâche-t-il en passant. Il n'était pas question de changer les habitudes ; ce matin encore plus que les autres. Lorsqu'il arriva à proximité de "l'Hôtel Méribell", son cœur se mit à battre la chamade. Aujourd'hui, c'est un regard nouveau qu'il porte à l'ancienne clinique; il éprouve de la fierté et de la joie. Un sentiment de bonheur l'envahit. C'est sûr, quelque chose a définitivement changé, et ce n'est que le début. Désormais, il n'y voit plus tous les moments de souffrances qu'il avait jadis connus dans ces murs, mais une victoire, celle de l'homme. C'est dans cet état d'esprit qu'il écrira son livre. Aucune intention de faire pleurer le lecteur ; il doit ressentir la même chose que nous, "l'envie d'être" tout simplement.

18

« On se retrouve enfin »

De retour chez lui, il retire la laisse du chien, pose le pain sur la table de la cuisine, et se dirige vers le salon où se trouve le courrier reçu pendant leur absence. Il prend en main celle qui lui est personnellement adressée, l'ouvre à l'aide d'un coupe-papier, puis la retourne brusquement du côté où est inscrite l'adresse.

« Bizarre, ce timbre… Il est encore marqué en Francs, comme dans les années… Mais… Qu'est ce que ça veut dire… »
Ses yeux s'écarquillèrent soudain.

« Quoi, Mille neuf cent quatre-vingt-quatorze ! Ils vont m'entendre à la poste ! »

Mais il ignore une chose essentielle ; un secret longuement gardé par une personne à laquelle il n'aurait jamais pensé. Nicole, ce "grand bout de femme" au caractère bien trempé comme il avait coutume de la nommer, avait posté elle-même la lettre ; à l'époque, elle y avait fait agrafer un Post-It …
« À n'expédier que le 24 décembre 2013 ».

Il sort tout de même la lettre de l'enveloppe et commence à lire …

Anselme mon ami,

Comme tu l'as vu, tout est possible, mais ça, tu le savais déjà. Tu te rendras rapidement compte que du rêve à la réalité, il n'y a qu'un pas. Je sais que je suis présent dans tes souvenirs et dans tes rêves ; sache que je serai toujours avec toi.

L'idée du livre est excellente, et je te prédis un succès flamboyant. Permets-moi, de te souffler ces quelques mots, dont je te ferai grâce des droits d'auteur.

"Tu peux penser, ne rien avoir à faire dans ce monde si la vie t'a enlevé ta motricité ; mais il ne tient qu'à toi de décider d'y prendre place, ou de n'être qu'un handicapé".

Prend soin de toi mon ami.

« J'en connais certains qui feraient mieux d'avoir une jambe en moins ! » Commenta Anselme en pensée.

P. S. : Nicole est la seule à connaître véritablement notre relation. C'est son écriture et tu comprendras peut-être plus facilement aujourd'hui cette décision que j'ai prise à l'époque ; j'ai dû lui demander de signer Rémy ...

– « Comme je te comprends p'tit frère ... Mais, mais... qu'est-ce qu'il m'arrive ? »

Il afficha un large sourire, puis se ressaisit.

– «Je le savais ... Je ne voulais pas me l'avouer, mais je m'en doutais ... J'aurais dû comprendre plus tôt, que c'était toi. Je sais que je ne dois m'étonner de rien avec toi, mais comment pouvais-tu savoir ? Je te connaissais des capacités sensorielles, mais là, tu m'épates vraiment !»

Soudain, Anselme sentit un courant d'air froid, juste derrière lui. À ce moment précis où tout le monde dormait encore dans la maison à l'exception de Constance qui prenait son petit déjeuné dans la cuisine, il eut la sensation de ne pas être seul.

Même s'il s'y attendait depuis quelques jours, ce qu'il s'apprêtait à faire le déstabilisait quelque peu, car jusque-là, le seul esprit auquel il s'était adressé sans la parole était celui d'une personne vivante ; mais aujourd'hui allait être pour lui une première. C'est tout du moins ce qu'il croyait ...

Pour commencer, il ne savait pas s'il devait parler, ou simplement penser, ou encore attendre tout simplement. Peut-être, reverrait-il cette même lueur qu'il avait vue la veille, quand t il était dans le bus ? Peut-être, allait-il se matérialiser sous la forme d'un homme translucide, comme au cinéma ?

Il se hasarda prudemment dans ce contact surnaturel avec une certaine réserve.

– Rémy... ? Chuchota-t-il.

Quelques secondes s'écoulèrent.

– Rémy, tu es là ? Je suis seul maintenant, tu peux te montrer …

Il attendit quelques instants avant de poursuivre dans sa démarche fantastique …

– Tu n'as tout de même pas fait tout ça pour me laisser tomber, maintenant que je suis prêt ! Je sais que tu es là… Réponds…

Ce que ressentait Anselme à ce moment précis, était un mélange d'impatience, de joie, d'enthousiasme et de peur. La lettre dans les mains, les mains dans le dos, il attendait tel un client de l'administration faisant la queue à un guichet pour être servi.

– « Qu'est-ce que tu attends… Aller, montre-toi ! »

Quelques minutes passèrent quand soudain …

– Tu n'es pas obligé de parler, tu sais !

Un grand bonheur s'installa sur son visage accompagné d'une larme.

– « Ça y est », pensa-t-il, « On se retrouve enfin ».

– Nous allons communiquer comme dans le temps ?

– Pour commencer oui. Ça ne te convient pas ?

– Bien sûr que si. Pourquoi ne puis-je pas te voir ?

– Chaque chose en son temps, mon ami.

– Où es-tu ?

– Juste à côté de toi, mais tu ne pourras pas me voir aujourd'hui … Quoique …

– Pourquoi donc, je t'ai bien vu hier …

– Parce que tu y croyais vraiment, tu n'éprouvais aucune peur. D'ailleurs, tu "Voulais me connaître " et éventuellement, m'aider.

– C'est toujours le cas aujourd'hui.

– Pas tout à fait Anselme. Tu as eu de la retenue tout à l'heure en te demandant si tu devais y croire ou non. Hier, tu étais redevenu le petit enfant qui se décorporait, et qui ne se serait jamais posé autant de questions ; tandis qu'aujourd'hui, tu as douté, tu as voulu être sûr que tu ne rêvais pas. Là est toute la différence.

– Et c'est ça qui fait que je ne peux pas te voir, maintenant ?

– On ne voit bien souvent que ce que l'on veut bien croire, et surtout, ce que l'on peut admettre. C'est beaucoup plus facile pour les enfants, car leurs "Petites Têtes" ne sont pas encore polluées par la vie. Si, ils voient, ils voient et c'est tout ; si un adulte voit, il se dira dans un premier temps, que ce n'est pas possible, qu'il doit être en train de rêver, il aura peur.

Ce n'est bien sûr pas aussi simple dans tous les cas, mais ce que l'on peut en retenir, c'est cette prédisposition qu'ont tous les enfants avec ces phénomènes. Un peu comme toi, avec tes "bottes de sept lieux", lorsque tu te baladais au dessus de la ville. Et hier, tu avais cette prédisposition, peut-être parce que tu savais que ça ne se ferait pas …

– Il doit y avoir de ça. Quand j'ai lu ta lettre tout à l'heure, j'y ai pensé tellement fort et me suis posé tant de questions, que j'ai fini par avoir la pétoche. Sais-tu que tu es le premier mort avec lequel jc "taille une bavette !"

– Non …

– Pour une fois que je t'apprends quelque chose !

– Non … Je ne suis pas le premier mort avec lequel tu parles.

– Que veux-tu dire ?

– Tu as déjà discuté avec ta défunte voisine ; tu as aussi joué avec "Kalinka"… Le chien de traîneau "Malamute" que vous aviez, lorsque tu étais enfant, tu t'en souviens, n'est-ce pas ?

– Bien sur, que je me rappelle ; comment oublier de tels moments.

– Lorsque tu les as vus dans tes rêves, c'était bien plus que ça ; tu étais vraiment avec eux. C'est une autre forme de décorporation. Au moment précis où tu jouais et caressais ta chienne, ou quand tu papotais avec ta voisine, tous deux venaient juste de mourir.

– C'est vrai, tu as raison, tu es donc le troisième "être" mort, à qui je m'adresse !

– Non plus, parce qu'il y en a eu d'autres, mais tu ne t'en es pas souvenu.

– Qui donc ?

Il se ravisa …

– Non, ne me le dis pas, je ne veux pas le savoir pour l'instant. Maintenant qu'on est de nouveau ensemble, j'ai envie de te poser un tas de questions.

– Je t'en prie Anselme, je me ferai un plaisir de te répondre.

– J'ai toujours eu du mal à comprendre pourquoi tu étais parti si tôt. Je veux bien admettre que tu n'avais pour ainsi dire aucune famille, mais il y avait au moins quatre personnes qui t'aimaient en ce bas -monde, et j'en faisais parti. Avec les capacités que tu avais, tu aurais sûrement pu t'en remettre comme ce russe paraplégique qui s'en est relevé. Pour être franc avec toi, je t'en ai longtemps voulu de ne pas t'être battu davantage. Si tu savais le vide que tu as provoqué ; quand je venais dans ta chambre et que je voyais ton lit vide impeccablement fait, je revoyais tous ces moments où nous bavardions. Toutes ces plaisanteries que tu me suggérais ; j'étais sûr que tu t'en sortirais, et il m'arrivait même de nous imaginer aller ensemble au bistro du coin, boire un café et discuter de vive voix. Tu n'avais pas le droit de nous quitter comme ça… Je t'aimais Rémy, tu étais comme un frère pour moi. Alors, pourquoi Rémy… Pourquoi ?

– Je savais que ça t'affecterait énormément, mais je n'avais pas le choix, c'était mon heure, je l'ai ressenti au plus profond de moi. Tu dois savoir que nous avons tous autant que nous sommes, une "Mission principale " à accomplir. Une mission qui a toujours un rapport direct avec notre propre évolution ; et c'est précisément ce que j'ai fait. Ma "vie normale" s'est arrêtée, lorsque j'ai eu mon accident et j'aurais dû mourir, ce jour-là …

– Pourquoi es-tu resté, alors ?

– Tu ne devines pas ?

– Je crois que oui, mais j'aimerais quand même que tu me le dises.

– C'est pour toi, Anselme. Si tu ne m'avais pas connu, tu ne te serais pas sorti de ton handicap, tu aurais fini par laisser tomber, tu serais devenu aigri et tu te déplacerais en fauteuil roulant aujourd'hui. Bien sûr, tu aurais tout de même essayé, ne serait-ce que pour toi, ainsi que Constance et tes enfants, mais les ressentiments dont tu aurais fait preuve auraient tout détruit, à commencer par ton couple. Ce qui t'a fait aller jusqu'au bout, c'est d'avoir lié une amitié avec un autre handi-capé comme moi, qui ne pouvait bouger que les yeux. Par ailleurs, tu serais passé à côté de ta vie, car aujourd'hui, elle a complètement changé.

– C'est vrai, qu'elle a radicalement changé ! Et en y réfléchissant, tu ne m'as pas donné que ça, tu m'as donné l'amour d'un frère. Certes, tu m'as beaucoup manqué et tu me manqueras toujours, mais je t'ai connu ; j'ai connu ce sentiment fraternel grâce à toi, et puis je sais maintenant que nous allons pouvoir être de nouveau ensemble, si l'on peut dire. Mais, pourquoi avoir attendu tout ce temps pour te manifester ?

– Je me suis manifesté pratiquement de suite après ma mort, mais tu ne le voyais pas, ou plutôt tu ne pouvais pas le voir, car ce n'était pas le bon moment. Tu étais bien trop perturbé.

– Et c'était quand, le bon moment ?

– Lorsque tu as commencé à accepter ma mort.

– Je ne l'ai jamais vraiment acceptée complètement, tu sais.

– Oh si ! Tu as commencé à en faire le deuil, il n'y a pas très longtemps, sans t'en rendre compte, mais tu l'as fait !

– Peut-être bien… Mais alors, qu'est-ce qu'il fait que je n'ai pas pu t'entendre, ni te voir, ni même seulement te ressentir ?

– Réfléchis un instant… Si tu ne peux pas envisager ma mort, comment peux-tu espérer voir ou entendre mon esprit ?

– Soit, mais nous le faisions déjà de ton vivant …

– Mais ça n'a rien à voir ! Quand je vivais, tu n'avais pas besoin d'envisager ou d'imaginer quoi que ce soit, puisque j'étais là. Le principe reste peut-être le même, mais il y a une grande différence.

– Quelle est-elle ?

– Mais il faut tout t'expliquer ma parole ! En plus, tu connais déjà la réponse …

– J'insiste !

Rémy rigola de bon cœur ; il était tout aussi heureux qu'Anselme, de ces retrouvailles, quelque part programmées par le destin.

– Tu ne changeras donc jamais… La différence coule de source ; quand on est mort, on a plus de corps physique bien évidemment, donc plus de "présence terrestre", et c'est là que la foi entre en ligne de compte ; tu ne pourras voir et entendre que si tu as foi en ce que tu vois. C'est peut-être illusoire de penser qu'il puisse être facile de faire la différence dans un monde où les impostures visuelles aidées par la technologie actuelle peuvent facilement tromper notre regard, mais c'est possible. Il te faut avoir cette pureté qu'ont les enfants. Tu comprends ?

– Et c'est ce qu'il m'arrive, alors ?

– Précisément Anselme ! Dans ton cas, vu ton âge, on pourra appeler ça de la sagesse …

– Tu es donc en train de me dire, que tu as toujours été à mes côtés, sans que je soupçonne quoi que ce soit !

– Depuis toujours …

– Alors, la mort n'est rien, en fin de compte !

– Non, ça n'est qu'une étape dans notre vie terrestre et spirituelle. Le plus difficile dans la mort, c'est le manque et le vide que ça crée pour ceux qui restent, ainsi que de voir souffrir ceux qu'on aime, pour ceux qui partent. J'avoue avoir eu beaucoup de peine de te voir ainsi malheureux, mais tu devais le vivre pour savoir faire la différence.

Au fil de la conversation, Anselme commençait à distinguer une aura blanche devant lui ; il commençait à voir …

Le visage d'Anselme s'illumina, rayonna d'émerveillement.

– Je… Je crois que je te vois …

– Tu vois, quand tu veux !

Physiquement seul dans la pièce, Anselme se mit à rigoler ; cela éveilla la curiosité de Constance qui ne tarda pas à venir le retrouver. En arrivant dans le salon, elle vit son mari rire, comme si quelqu'un lui avait raconté une bonne blague.

Elle s'approcha de lui pour lui faire un baiser.

– Bonjour mon ange, fit Anselme gaiement.

– Bonjour mon cœur, que t'arrive-t-il, je t'entends de la cuisine ?

– Dois-je le lui dire, pensa-t-il en prenant soin de cacher la lettre?

– Non, pas encore, attends un peu. Pour l'instant, mieux vaut éviter quelques tracas inutiles.

Anselme rendit le baiser à Constance.

– Tout va bien ma chérie, je repensais seulement à quelque chose de drôle …

Moi, en train de refaire ma vie … Avec toi !

– Tu m'as l'air… Je ne sais pas comment dire… Beaucoup mieux, changé …

Il la dévisagea quelques secondes et la regarda dans les yeux en lui apposant un autre baiser, tout en lui remettant la frange ses cheveux en place.

– Maintenant oui … Je vais beaucoup mieux …

Constance abonda dans le même sens, puis se ressaisit.

– Tu reprendras un autre café ?

– Oui, je veux bien … Donne-moi cinq minutes et j'arrive.

– Je te le prépare.

Elle s'en retourna dans la cuisine, tandis qu'Anselme reprenait sa conversation avec Rémy.

– Vous vous aimez comme au premier jour, c'est touchant !

– Pardonne-moi de ne pas donner suite à ce que tu me dis, mais j'ai d'autres questions.

– Je t'écoute Anselme.

– Le fait que je puisse distinguer ton aura, fait-il de moi quelqu'un de "Pur" ?

– D'une certaine façon, oui, c'est la lumière que tu verras, quand tu mourras. Mais tu ne pourras jamais être "pur" comme tu le dis ; en tout cas, pas dans ce monde …

– Bien entendu ; tu parles de cette lumière dont parlent tous ceux qui sont cliniquement morts pendant quelques minutes ?

– Tu tiens vraiment à le savoir ?

Anselme eut un moment d'hésitation.

– Après tout, ce n'est pas si important, on s'est retrouvé, et ça, c'est déjà grandiose.

– Voilà qui est sage… Pour ton information, sache que la mort n'est pas une fin, mais une continuité… Tu t'en rendras compte par toi-même, et je serai là pour te guider.

À présent, tu ferais mieux d'aller retrouver ta chère et tendre, elle va s'impatienter.

Quant à moi, je reviendrai. Je suis heureux de nos retrouvailles et de notre petite conversation "d'âme à âme". À bientôt mon ami.

Drakkar émit son petit "Woo" amical, « Au revoir Rémy ».

– Et toi, tu le savais depuis le début n'est-ce pas, dit Anselme en regardant son chien ?

Rémy fit une caresse sur le crâne de l'animal, puis s'en alla aussi vite que la lumière.

Tenant toujours la lettre dans ses mains, il releva les yeux, scruta lentement la pièce du regard, et acquiesça de la tête pour signifier son accord. Il savait désormais qu'il aurait à ses côtés bien plus qu'un fantôme, un ami "à la vie, à la mort". Outre ces retrouvailles fantastiques, il pouvait à présent vivre sa vie, et accomplir son destin, jusqu'au jour où il devrait lui-même se plier à l'ordre retentissant de la sonnerie de la récréation "Post-Vitale", et rejoindre ainsi son grand ami dans un monde où les erreurs de la vie se transforment en leçons et en expériences assimilées, servant à gravir la première marche de l'escalier qui conduit à la paix de l'âme.

À cet instant, il eut un sentiment de déjà vu, comme s'il avait vécu cela dans un rêve prémonitoire …

« Ni je ne plains le passé, ni je ne crains l'avenir. »
Ernest Renan

19

Épilogue

Anselme développa sa relation avec Rémy au fur et à mesure qu'il admit la réalité de sa présence dans sa vie. Il le distingua de mieux en mieux, jusqu'à pouvoir saisir les traits de son visage. En tout cas ceux qu'il connaissait. Désormais, ils communiqueront par la parole, dans ses rêves, avec cependant une nuance… Il s'en souviendra comme d'une conversation éveillée. Ils peaufineront de même leurs capacités télépathiques et continueront de confabuler comme dans le passé. Étant au courant de la situation, Constance ne s'étonnera plus de voir son mari parler et rire tout seul.

De même, elle s'habituera aux nombreuses farces que lui feront les deux amis ; par exemple, regarder un objet s'élever dans les airs en faisant semblant de le contrôler à distance, avec ses mains.

Constance passera par trois étapes successives, la peur, l'habitude, puis viendra très vite la lassitude ; à tel point que lorsqu'elle s'adressera à Anselme, elle sera obligée de prendre certaines précautions …

– Anselme, où es-tu ?

– Ici dans le jardin.

– J'aimerai te parler …

– Je t'écoute mon ange …

– Seul …!

– « Je m'en vais, à tout à l'heure Anselme ! »

– « Oui va-t-en vite, elle est de mauvais poil aujourd'hui ! »

Là, un courant d'air s'éloignera dans les airs, et Constance dira seulement "Merci".

Au début de leur nouvelle relation, Anselme et Rémy s'amuseront tels deux enfants turbulents … Ils seront infernaux !

Anselme ira de découverte en découverte. Rémy lui dira entre autres choses, ce qu'il a besoin de savoir sur la vie, sur la mort … Il finira par être si bien installé sur le canapé de son cerveau, qu'il développera même, deux capacités supplémentaires, "la sagesse et l'amour".

Ensuite, ayant pris de l'assurance, il écrira son livre et le fera éditer seulement un an et demi plus tard.

Il y parlera de sa propre expérience et de celle des membres de La Troupe Méribell, qui contribueront à l'écriture de l'ouvrage. Il évoquera aussi ce qu'il considère être les bons et les mauvais côtés du progrès technologique qu'il ne dénigrera pas systématiquement. Enfin, il développera en détail, les capacités de puiser au plus profond de soi, l'énergie et la motivation nécessaires à la guérison et à la rémission de maladies ou handicaps, considérés encore aujourd'hui comme incurables et irréversibles, en concluant avec cette phrase,

« Tant que nous resterons persuadés que tout est perdu, il ne saura en être autrement ».

Cela provoquera de vives réactions chez certaines personnes nées avec un handicap, dont les muscles sont atrophiés et qui n'ont pas eu l'occasion de faire la différence.

Au début de la parution de son livre, Anselme devra même faire face à des gens venus devant chez lui, pour réclamer un miracle ; il prendra malgré tout le temps de leur expliquer que le miracle, le vrai, ce sont eux.

Ainsi, il créera avec le soutien de ses amis "l'Association Rémy", qui sera en grande partie subventionnée par les dividendes de ses écrits pour commencer, puis des aides de plus en plus nombreuses au fil du temps. Ici séjourneront des hommes et des femmes qui apprendront bien plus qu'à utiliser un fauteuil roulant… Développer leur autonomie.

Il sera entendu que la solution ne pourra venir que d'eux et seulement d'eux ; la tâche n'étant pas facile et les lésions pouvant être plus ou moins importantes, certains sortiront debout et d'autres assis, mais mentalement changés pour la plupart. Des personnes atteintes de maladies dites "graves" se joindront à l'association.

Anselme sera tour à tour, pris très au sérieux par certains, pour un utopiste par d'autres, y compris par le corps médical en dépit de nombreux résultats positifs obtenus.

Cela donnera naissance à deux catégories de personnes, ceux qui l'admettent et les autres …

Remerciements

À tous les professionnels de la médecine que j'ai questionnés sans relâche, lors de visites à l'hôpital ou chez mon ostéopathe, ainsi que beaucoup d'autres personnes que j'oublie. Tous m'ont aidé, chacun à sa manière, à développer l'aspect "technique" de cette histoire.

À tous mes proches qui n'ont jamais douté un seul instant de ma capacité à me lancer dans une telle aventure, car j'ai toujours "scribouillé", mais je n'avais encore jamais eu la prétention d'écrire un roman.

Comme le dit Stephen King, « Scribouilleur un jour, scribouil-leur toujours ».

À ma chère et tendre épouse qui utilise beaucoup mieux que moi un clavier azerty et qui a donc saisi la plus grande partie des mots de ce manuscrit que j'ai écrits avec un bon vieux stylo à bille.

À mon patron, qui en dépit de quelques maladresses que j'ai pu commettre dans mon travail durant la rédaction de ce récit, ayant trop souvent l'esprit "Ailleurs", a su faire preuve d'une patience exemplaire, et garder confiance en ma capacité de chauffeur-routier.

Il y a aussi un ami fidèle, ou devrai-je dire, un allier de tous les instants, qui quelque part guide ma vie neuf heures par jour... Je veux parler du volant du camion avec lequel je roule tous les jours et qui me sert de bureau le soir après mon travail. C'est sur ce support improvisé et bricolé que les personnages que je crée finissent par prendre la relève de mon imagination, en continuant eux-mêmes l'histoire. Tel est devenu le plaisir de mes pauses nocturnes.

Pour conclure, je dédicace ce roman à mon épouse qui, non contente de s'être relevée, a aujourd'hui la certitude de retrouver toutes ces capacités ; j'aurais pu m'en inspirer, si je n'avais pas écrit cette histoire deux ans plus tôt, avec cependant une grande partie romancée et dont j'ai récemment modifié les dates. « Celui qui doit vivre survit même si tu l'écrases dans un mortier ».

Cela dit, nous n'avons croisé le chemin d'aucun fantôme à ce jour !

Et enfin, à la vie, tout simplement, pour s'être présentée à moi, tel qu'elle l'a fait, avec ses hauts et ses bas, et surtout, pour m'avoir fait rencontrer des personnes à la fois magiques et salvatrices ; j'ai pu ainsi ouvrir les yeux sur beaucoup de choses, principalement sur moi-même ...

Table des matières

« Le plus difficile dans la mort d'un être aimé
n'est pas d'aller au cimetière, mais d'en revenir ».
MM.

Pour mener les "émotions fortes" de la fin du récit à leur paroxysme, l'album "LA NUIT CELTIQUE" (Stade de France, 15 mars 2002 – Sony Music) m'a accompagné durant la rédaction de cette partie.

Ainsi, il conviendra après lecture, d'écouter ces chansons dans cet ordre à partir du chapitre 16 de la page 135:
N° 1-15-3-5-9-8-6-12.

Mais avec un peu d'imagination, cela peut tout aussi bien être "la musique du roman" tout entier.

www.ingramcontent.com/pod-product-compliance
Lightning Source LLC
Chambersburg PA
CBHW060427260626
47161CB00005B/1822